獨寵

Anan

그웬돌린
Gwendolyn

插畫 KSS凱蘇

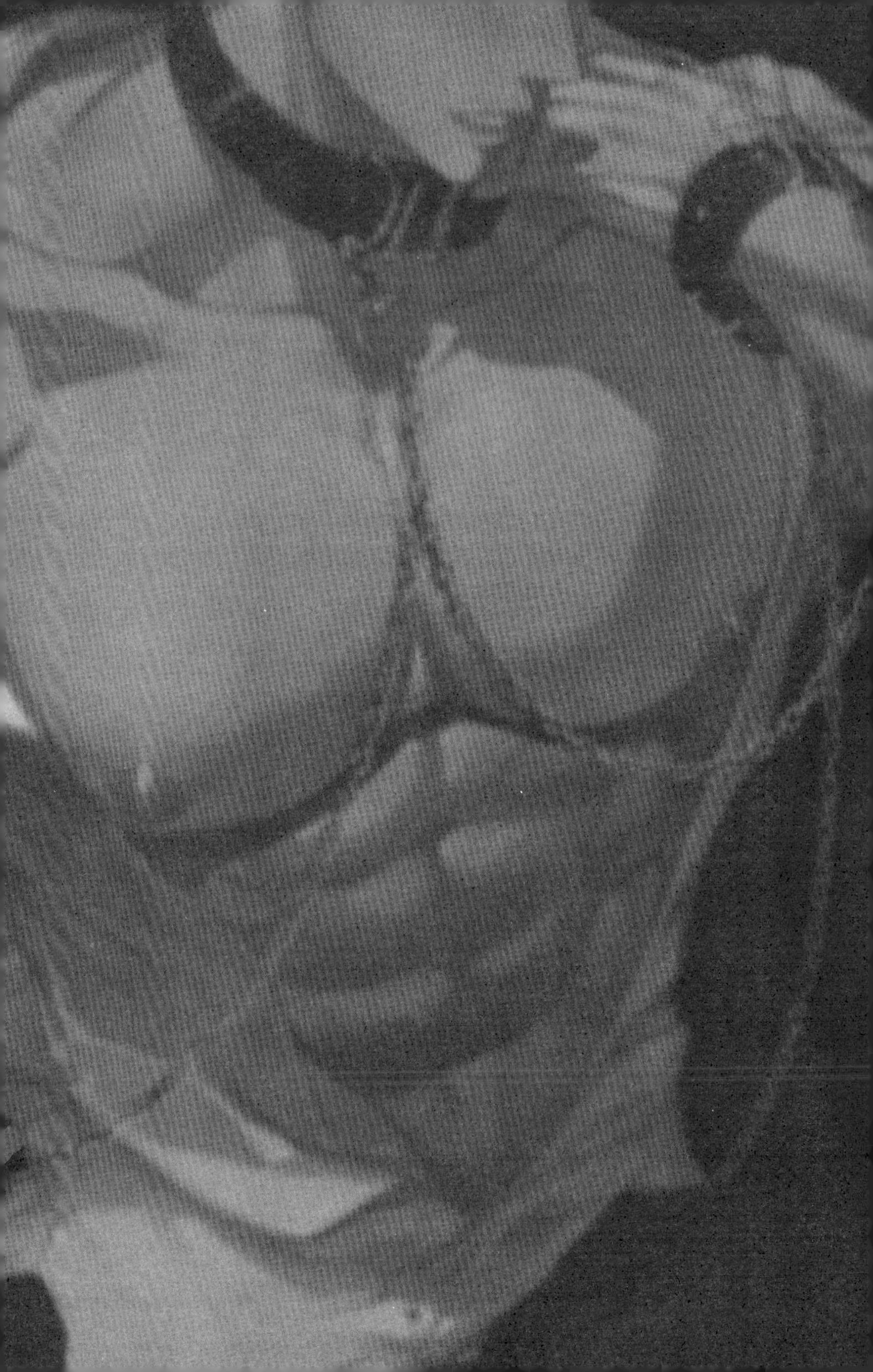

contents

First act. 獨寵 Anan

Second act. 確認 sure

First act.

獨寵 Anan

運輸直升機螺旋槳的聲音吵雜不已，傭兵們一個接一個進來。從遠處跑來的男子越過跑在前面的傭兵們，率先衝進運輸直升機。身高兩百公分的男人肩上扛著人質，他一將人質放下來，隨即靠上架好的RT－20[1]，慎重地朝身後追趕而來的敵人扣下扳機。能穿透裝甲車的子彈在擊中人的瞬間發生爆炸，甚至連周遭的人都受到波及。

「起飛！」

男子一喝，運輸直升機便緩緩升空。與此同時，男人的手也沒停下來。他一步步裝填子彈，準確射擊的臉上絲毫不見猶豫。在男人嚴密的牽制下，敵人無法加快追擊速度，傭兵們在這段期間陸續登上運輸直升機。

當運輸直升機飛離地面超過一公尺時，最後一名傭兵朝運輸直升機狂奔而來。他在男子伸出手的那一刻抓住那隻手，而男子單手就將傭兵拉了上來。當敵人們追上來時，運輸直升機早已完全升空，遠遠超出了射程範圍。

1 RT－20：狙擊槍，有效射程一千八百公尺。國際法上禁止對人射擊。

男人見獲救的人質還沒反應過來，渾身發抖，便伸手向她示好。

「啊啊啊！」剎那間女子尖叫，雙手抱頭，全身蜷縮成一團。

揹著她跑，把她救出來的第一大功臣尷尬地回頭看著他的同袍。

「就叫你整形了吧，隊長。」

聽到方才最後一個跑來，差點就要獨自留在那裡的傑克說的話，男子不吭一聲地往後退。

然後，當他走到離女人最遠的斜對角位置坐下，周圍的人紛紛朝他投以同情的目光。

「隊長，你真的要退休了？」

原本坐在他身旁，一名二十二歲的年輕傭兵問道。長得凶神惡煞，甚至令人懷疑「東西方混血的長相怎麼會如此殘忍？」的男人一臉憂鬱地點頭。他再三下定決心，一定要賺到更多錢去整形。

第一章

比女人更美麗的男人笑得像朵花一樣燦爛。看見那男人的容貌，奎元倏地低下頭，對自己的長相感到更加羞愧，甚至想立刻辭掉這份工作。可是整形需要很大一筆錢，所以他不得不接下這份保鑣的工作。

因為私人因素辭去傭兵一職是好事。但是憑他這張臉，他的工作場所不可能不泡在男人堆裡。他身高高達一百九十七公分，身材高大，因為受過無數訓練、接過無數項任務，自然而然練就了一身精實的肌肉。還有那張無須多說的長相、濃厚的眉毛、銳利的目光、尚挺的鼻梁、飽滿的唇線以及曬成古銅色的肌膚。這身材跟面貌，造成他能找的工作只有保鑣、黑道或運動選手。以他二十九歲來說，如果要當運動選手，年齡有點大，所以只能在保鑣跟黑道之間做選擇。但就連要當保鑣，他的長相也過於凶惡，導致他最終只找到尹幫三少爺尹花英的私人保鑣這份工作。

二度就業的結果，不曉得該說是好不容易當上了保鑣，還是好不容易成為了黑道。

「請多多指教，我是尹花英。」

尹花英人如其名，長著一副令人驚豔的絕美容貌。眼尾微微上揚的雙眸孤傲又清純，筆直往下的美麗鼻梁鮮明，略為厚實的紅唇性感煽情。比起黑道，他更像模特兒，但他如果要當模特兒，身高又稍嫌嬌小。

一百八十公分的男人配上一身恰到好處的肌肉，無異於一座雕像。清秀的東方臉龐配上不像東方人的完美身材，不禁令人嘆為觀止。

而且他彬彬有禮。

「我是金奎元，請您多多指教。」

低著頭，奎元說完之後抬眼偷瞄了一下。花英臉上露出微妙的表情，接著溫柔一笑，用清新的嗓音對他父親道：「謝謝您介紹這麼強而有力的保鑣給我。」

全國性黑道幫派「尹幫」首領尹秀鋏自豪地點點頭。奎元從他那張臉上看到一位父親對自己兒子的自豪，差點跟著露出微笑。

但他忍住了，因為他的微笑被人稱為「連續殺人魔的微笑」。

當初聘僱奎元時面試他的尹家長子，尹幫實質掌權老大尹震英在開始面試前，便稱讚了他們家老么大約十五分鐘。

『花英是花朵的花，菁英的英。我父親想要一個女兒，在母親還在陣痛時就做好了出生登記，取名為花英，但父親不後悔，因為花英是個比他名字還美麗的男人。不僅美麗，還腦袋聰明，彬彬有禮又果斷堅決，是我們的驕傲。大學也是讀名校，那叫什麼，會計……那個在美國使用的什麼會計證照……艾西……』

『您是說AICPA（美國註冊會計師）嗎？』

『對，總之他連那張證照都拿到手了，而且他的臉蛋俊美，長得跟過去是知名女演員的母親很像，真的是我們家的驕傲，所以絕對不能有絲毫閃失。可是最近他身邊有些麻煩，又什麼都不跟家裡說，大概是怕我們擔心吧，特別懂事，所以我們想幫他找個保鑣……』

十五分鐘，足以讓奎元獲得關於花英的所有情報。尹花英，二十七歲，首爾大學經營學系畢業，擁有CPA（註冊會計師）、AICPA（美國註冊會計師）證照。之前在國內首屈一指的會計師事務所實習，近日被正式聘用。與家裡毫無關聯，一路走來都是菁英，最近的困擾——據哥哥們所知——是遭到跟蹤。

於是，大哥唯恐體貼懂事的弟弟受到傷害，在弟弟身邊安排了傭兵出身的保鑣。而花英的父親尹秀鋏為了親眼看看那位保鏢，特地調整行程，見到奎元後露出了非常滿意的表情。

在這傳承四代的全國黑道世家中，第一次出現如陽光般耀眼的人，奎元可以理解他父親與哥哥們寵愛的理由。而且，看見花英臉龐的那一刻，奎元不得不壓抑住差點發出的嘆息。這個男人單憑一張臉，就能一輩子不愁吃穿，可是他會讀書，又有一份好工作，這世界確實十分不公平。

跟著尹花英兩天，奎元有點疑惑。尹花英是個非常忙碌的男人，大部分的時間都窩在某家公司裡。因為正值審計期間，他總是帶著資料跟筆電來往於別人的公司。

奎元沒看到什麼跟蹤狂，而且他的生活很規律。

‡

「啊，麻煩停到路邊一下。」

聽見花英的話，奎元慢慢把車停下來。這輛車是賓士，據說是花英二哥買來送他的大學入學禮物，實際上，花英本人出門時不會開這輛賓士，他笑說賓士太顯眼，維修費又很貴，不合自己的喜好。但奎元要跟著花英，所以不得不開這輛賓士。奎元問花英平時都怎麼去上班，花英就爽快地回答自己會搭公車，顯然真的是個不錯的人。

走下賓士的花英走進了便利商店，出來時手裡拎著印有標記的塑膠袋。

「那是什麼？」

奎元問道，花英回答：「今天的晚餐跟明天的早餐。」

他聳聳肩補充道：

「雖然看起來很寒酸……但我真的沒時間吃飯，其實我也不曉得自己會不會做飯。」

奎元沒有回應，駛動車子。他不斷偷瞄後視鏡，只見後座的花英嘴裡吃著三角飯糰，一手拿著資料確認。他看起來比兩天前憔悴許多。

奎元猶豫了一下，在車子駛進花英公司的停車場之前，確定花英把資料整理好、放進公事包之後，緩緩開口：

「如果您不介意……真的不介意的話……我會做點料理。」

這聽起來就像在說「我滿會煮的」，奎元慌張地想要改口，因為他覺得這麼說很自大。正當他不知所措，有些為難地看向後照鏡時，花英露出燦爛的笑容。

「您真的要煮給我吃嗎？」

他看起來真的很開心，奎元心想，幸好他有開口。男人愉悅地說著「哇，真的嗎？」，慢慢拎起公事包跟文件下車。看到替他開車門的奎元恭敬地站著，花英低聲說了一句：「我會期待的。」之後走向電梯。他的背影和往常一樣美麗。

隔天一早，奎元清晨就起床去買菜，彷彿能聽見花英說「我很期待」的聲音。其實做菜是他喜歡做的事情之一，但是沒人期待他的手藝，假如他說要做飯，大家都會拚命阻止他——說會浪費食材或是不要拷問人啦——所以從沒向別人展現過廚藝。心臟怦怦直跳，有點難受。

昨天應該問他喜歡吃什麼的。總之，就做家常菜吧。料理方式簡單又很多人喜歡的料理就算普通的家常菜，煎蛋捲、蘿蔔湯、泡菜、飯、烤海苔、魚、涼拌蔬菜……就這些吧。

煮著煮著，又覺得有點煮太多了。奎元莫名有點難為情，就在他苦惱要不要扔掉 半，假裝沒有做的時候，身後傳來「哇啊啊」的驚嘆聲。

「聽說您前一份工作是傭兵，難道是伙食兵嗎？一定很好吃。」

睡醒後洗梳完，花英頂著凌亂的頭髮來到餐桌旁，臉頰上泛著紅暈。

奎元望著花英身穿舒適的運動服，腦袋左搖右晃吃飯的樣子，直到花英停下來問：「您怎麼盯著我看？」一直看著花英的奎元才連忙低頭回答道：「沒、沒有。」

望著奎元潔白髮旋的花英重新吃起飯來。飯是很好吃，他的心情也越來越好了。

奎元開始照顧起花英。雖然花英有美麗的臉龐、完美的身材、了不起的工作和多彩的魅力，但他的日常生活與這些沾不上邊。他很忙碌，沒有餘力和時間照料生活。

因此奎元決定趁著為他準備早餐，稍微管一點閒事。

一開始是為花英準備早餐的同時也把晚餐備好。花英家的大門是電子鎖，自從他說要為花英準備早餐的那天起，花英就告訴了他密碼，但奎元不可能像進出自家一樣任意進出，所以奎元決定要在為花英準備早餐的那一個半小時內，盡量把事情做完。

他開始準備晚餐、洗碗，又偷偷買來抹布，洗好晾乾，有空時整理隔壁房間。因此，花英的家開始明亮起來。

奎元擔任保鑣一個星期後，花英笑道：

「我如果是個女人就嫁給您。不過，您會有點困擾吧。」

然後，他抿了一口奎元為他沖的咖啡，又道：「如果您是女人，我搞不好會綁架您。」

奎元用他特有的沉靜態度閃過花英試探般的目光。

不，其實奎元幾乎沒有察覺到花英的視線，他盯著的是花英的嘴唇，那雙講著「如果你是女人，我會綁架你」的豔紅厚唇。

「您真愛開玩笑……我們差不多該出門了。」

花英應了一聲，站起身喃喃自語道：「地獄終於結束了，真是高興。」

去接花英下班時，奎元看到花英不怎麼開心的態度，就明白了那句話是什麼意思。

「抱歉，您今天先回去吧。」

聽到花英的話，奎元搖搖頭道：「那可不行。」他受僱於人，而僱用他的人不是花英，因此奎元無法聽從花英要他先回家的要求。

「唉，真讓人傷腦筋。」

花英眼尾帶笑地說完，沒有坐進賓士裡，眼珠轉了轉。

即使嘴上這麼說，這男人依舊掛著笑容，充滿朝氣。

花英露出比平時更俊美的臉龐，問道：「那在我們一起離開前，我先問您。奎元先生，您是被僱用來做什麼的？保鑣？還是監視人員？」

這乍聽之下是個傲慢無禮的問題，但奎元絲毫不為所動。

「是保鑣。」

「嗯，既然如此，您應該不會非要把我的私生活告訴雇主吧？」

「若您不希望我這麼做，我就不會說。因為我不是來監視您的。」

花英猶豫了一會，正在想該如何是好時，身後映出一片紅色晚霞。在高樓大廈間擴散蔓延的晚霞既美麗又深情，奎元怔愣地望著那片景色，察覺到他視線的花英也轉身看去。

「您喜歡晚霞嗎？」

聽見花英的問題，奎元趕緊回過神。

「以前沒什麼注意到，但是今天很美，最近所有的一切都很美。」

聽見這個回答，花英笑了，那笑容奪走了奎元的目光。

花英慵懶地微笑著，看起來既殘酷又令人揪心。他露出如晚霞一般嬌媚的笑容，說：

「好，這樣吧。我們可以一起去，但您要對我的私生活守口如瓶，OK？」

之後用纖長的手指點了點奎元的嘴唇。

奎元鄭重地彎腰鞠躬。

「好的。」

兩小時後，他十分後悔地心想「早知道他叫我走的時候就乖乖照做了」。

人往往無法察覺到人生即將產生變化的那一刻，會做出解怠的決定，奎元也是如此。花英的那句「OK？」對奎元來說就像神的指示，但是他沒有發現到，最後迎來了顛覆一切的夜晚。

‡

奎元依照花英的指示一路行駛，之後看著目的地，沒有任何想法。即使看見招牌上寫著「DUNGEON（地牢）」，他也以為是主題夜店之類的地方。就算工作人員在他們進入時仔細地核對身分證，又瞥見招牌上寫著「會員制俱樂部 Only for membership」，他也沒有任何想法。

工作人員說同行者不可進入，但花英在他們耳邊低聲講了幾句話，工作人員就驚訝地看向奎元。這也無可厚非，他們肯定很驚訝花英有保鏢。奎元如此心想。

門一打開，室內相當昏暗。他原以為這邊是夜店之類的場所，看來是他誤會了。也對，畢竟招牌是以白色為基底，只用端正的字體寫著「DUNGEON」，以夜店來說太端莊了。

「原來是主人。請問您今天想指名誰？」

一位服務生打扮，難以判斷年紀的男人不知從哪裡出現，鄭重地彎腰詢問。花英答道：

「看看目錄吧。」兩人便走進接待包廂。

踏進包廂的那一秒，奎元大吃一驚，只能低下頭。

這裡面有許多男人，或年輕或年邁，或胖或瘦。有人全身上下都打了洞，有人像外星人一樣肚子凸出。而且，奎元一看到這些人就十分清楚這裡是哪裡、是做什麼的地方，以及像奴隸一樣都穿著相同的制服，站在那邊的那群人是怎麼回事。

為了躲避狐狸，竟然誤入了虎口！奎元低頭調整呼吸，抱著想哭的心情開始努力思考要怎麼撐過這個人生中最糟糕的災難。

金奎元是Masochist（受虐狂）。他是同性戀，還是個受虐狂，是一位擁有極罕見性癖的男人。光是這樣就非常罕見了，但他的性癖又跟外表大相逕庭。他憑藉天生卓越的運動神經和體格開始擔任傭兵，但那份工作對他來說太痛苦了。男人們私下都脫得一絲不掛，手上揮舞著各種武器，大男人主義的他們滿嘴都是淫穢的謾罵，都讓奎元快瘋了。

他知道在那種環境下稍有不慎，一切就會毀於一旦，但他發誓自己不是能踐踏別人的那種人，也害怕被他人踐踏，讓他這輩子被毀掉。

他不想淪為軍人們的性玩物，但他一直很希望被人甜蜜地折磨。

每一次更衣，他都怕自己會目不轉睛地盯著同袍的性器看，所以都目不斜視地盡快換好衣服。那速度快到彷彿有誰看著他的身體，甚至因此感到渾身刺痛。他想被人打屁股，想被強而有力的東西刺穿，想在地上爬。

最重要的是，他想把男人的性器塞進嘴裡吸吮。有好幾次他都想哀求別人到無法忍受，最終不得不結束傭兵生活。

在這二十九年的人生中，最接近他理想型的人應該是尹花英。前面曾說過，尹花英既美麗又頹廢，這樣的男人居然是Sadist（虐待狂），這不就是奎元平生盼望許久的理想型嗎？而且還是同性戀。

這裡顯然是同性戀專用SM俱樂部，證據就是這裡的奴隸只有男性。

哼……花英如此低吟，慢慢環視包廂。他走近包廂裡與自己身高差不多、最有男人味的男性，然後點頭示意。只看到花英點頭就明白命令的男人急忙脫下制服，他的性器上戴著持久環，此時已經勃起。花英把手伸向對方的性器。

「啊，真可愛。」

那聲音與平常的花英沒什麼兩樣，所以顯得更頹廢了。

奎元滿臉慌張地緊閉上雙眼。這真的很令人困擾，他再度下定決心，明天要立刻辭掉這份工作。現在，尹花英就快成為奎元性幻想世界裡永遠的王、他的幻想對象了，當他用按摩棒抽插後穴時，會喊出花英的名字。

金奎元決定整形的原因就是性別。雖然很諷刺，但他從來沒有做過愛。面對女人，他當然挑不起性趣；如果沒有受到虐待，他就無法感到滿足。但是，有誰會想虐待他呢？現在的男人都喜歡美少年、青年或中年，然而他想在年紀更大之前找到服侍的主人。

「把後穴打開來看看。」

聽見花英的話，男人立刻擺好姿勢。他趴在地上，臉頰貼地，用雙手掰開臀瓣，自己抽插幾下後穴，使穴口慢慢擴張放鬆，與此同時，性器也在逐步變大。花英蹲下來仔細查看後穴，就像在購物。

奎元告訴自己不能再看了，用力控制住自己。雖然他很羨慕可以在花英的面前那麼做的男人，但最重要的是自己。他的腦袋發麻，想要立刻在旁邊撐開自己的後穴，他的性器已經快勃起了。

奎元拚命虐待自己，咬著舌頭，握緊拳頭，因為指甲刺進掌心和舌頭火辣辣的疼痛，他才勉強沒有勃起。

「可以先給我房間吧？我有事情要確認一下，但是忘了。」

花英說完後，那位不曉得是服務員還是經理，帶他們過來的男人帶頭走在前面。走過彎彎繞繞的漫長走廊，服務員在一道房門前讓開身子，而花英走進房內。

奎元看著花英走進房間後道：「我在車上等您。」然後快步後退。其實比起回去車上，他現在更想衝去洗手間。

他正要離開的那一秒，他聽見花英說「等一下」。

花英用他獨特的慵懶嗓音說：「等等，我有話要說。」

奎元踏入房間。即使身後傳來關門聲，花英也不說話，奎元忐忑不安地抬起頭，看到花英就站在他的眼前。

「您……您的……您的私生……私生活與我無關，我、我答應您會保密……！」

他無法再說下去了，因為花英的手握住他的性器。只因為花英的一個手部動作，他就忍不住勃起了。

花英感受著手中的性器如同發酵的麵團瞬間變大，開口說道，聲音朝氣蓬勃，相當愉悅。

「您知道我最擅長的是什麼嗎？」

聽到花英的提問，性器硬挺的奎元搖頭。

「就是辨認受虐狂。真的相當敏銳，那大概是本能吧。」

不知不覺間，花英的語氣變得平易近人。在奎元注意到這一點之前，花英的手往下伸去。感受到性器傳來劇痛，奎元只能束手無策地一起跪到地上。花英慢慢地把奎元的性器往下拉至地板，因此奎元只能趴在地上。

花英的聲音從頭上傳來。

「你受過幾個人的調教？調教到什麼程度？你喜歡的玩法是什麼？」

「什、什麼……」

「別裝了，雖然這麼說有點自大，但我從沒失誤過。」

花英的嗓音真的很美，是與臉蛋相襯的天籟之音，再加上傲慢的支配欲，奎元渾身感到顫慄不已。花英性感、帥氣到令人難以置信，奎元有預感，自己會無條件服從花英的命令。但他是自己必須保護的委託人弟弟，職業道德喚回奎元的理智，他決定稍微反抗一下。

「我從來就沒有接受過別人的調……教。」

這聲反抗真的就像蒼蠅揮動翅膀一樣，簡單又徒勞無功，但對身為受虐狂的奎元而言，已經竭盡全力了。他總是想像著這種玩法，而且對象還是花英，傲慢且強大的君主，還很美麗。這樣的尹花英為了滿足自己，詢問他喜歡的玩法跟細節，使奎元心裡不斷湧現想馬上坦白一切的衝動。

「真的？」

花英的另一隻手隔著奎元的褲子，攻擊他的後庭。性器貼在地上，臀部當然會朝天花板翹起。花英的纖纖玉手靠近的瞬間，奎元（受虐狂）本能地稍微張開了腿，花英的手便隔著褲子，插入奎元的後穴。

「一次都沒有？你是說，從來沒有人插進這裡嗎？」

聲音比剛才更精神奕奕。花英愉悅詢問的嗓音中，流露出赤裸裸的興奮。奎元抬起頭看向花英的褲頭——他興奮了，決定要折磨奎元讓花英興奮不已，褲頭鼓漲起來。

「回答我。」

說完，花英緊緊握住奎元的性器。奎元呻吟般地「唔……」了一聲，花英因此感到愉悅。

奎元一回答沒有，花英就噗哧一笑。

「你是受虐狂對吧？」

沒有能力再反駁花英的話，奎元點點頭。那一刻，花英像要誇獎奎元，輕吻上奎元的嘴唇。

「我就知道。不過，您說沒人擁有過這麼棒的身體？」

霎那間，花英的口吻再次恭敬起來。害怕得直發抖的奎元瞄了一眼花英的臉色。難道是陷阱？不，不可能，是為了給他一點顏色瞧瞧而設下陷阱的嗎？那太荒謬了。

「是的……」

「為什麼？」

雖然姿勢很奇怪，但是花英絲毫沒有打算鬆手的跡象，奎元只能回答。

「因為長相……」

「長相？」

「我的長相有點不好看吧？身高有點高，工作也有點難接近。」

奎元猶豫不決地回答後，花英疑惑了一會，又繼續思考。

可是據他所知，如此健壯的奴隸是所有支配者都想擁有的臣服者，所以花英無法理解。看來他有點自卑——花英下了簡單的結論，將奎元扶起來。

要扶起奎元很簡單，如果握著奎元性器的花英站起身，奎元也只能跟著站起來。

「所以，你從來沒做過？」

面對花英的確認，奎元點點頭。

花英終於放開了手。那一刻，安心與惋惜交織，奎元閉上眼，嘆了口氣。花英用視線舔舐過那張臉。不管怎麼看，那外表都非常誘人，有著一張猶如土狼的臉。

他感覺到體內各處都火辣辣地發燙，心臟瘋狂跳動。

「我啊，真的很喜歡您。」

花英講這句話的時候，在內心沉吟、告訴自己「行為舉止要一如往常」大約一百遍。雖然他想馬上百般欺負奎元，但對方是個處男，兩人的身體需要花一點時間磨合。不過，看他已經勃起的樣子，一切都已了然於心，這就足以令人感激了。

初次見到金奎元之前，花英聽到家人說幫他找了保鑣，還打算大發脾氣。誰准許他們找保鑣了？他們還要干涉別人的私生活到什麼時候！就在他要開口罵人之際，又乖乖地閉上嘴。

從他父親身後遠處走來的耀眼男人，不正是他尋尋覓覓的理想型嗎？

『我想養一隻大貓，像雲豹或美洲豹那樣的大貓，希望牠優雅又清純，可愛的話更好。不過總歸來說，必須要大隻，強大而且漂亮。』

在尚未被社會荼毒的年幼時期，他不懂事地說出口的這一段話，其實就是在描述他的理想型。然後年滿二十七歲的現在，看起來身高超過兩百公分、長相具有威脅性的大貓，踏著節制又優雅的腳步從遠處走來。花英當時差點忍不住站起身，之所以能裝作若無其事，都是多虧了家族從小就教他擺出一張撲克臉的教育。

「如果您願意，要不要跟我做做看？當然，我不會逼您玩您討厭的玩法。而且，我的身分對您來說也是種保障，怎麼樣？」

即使渾身發燙，不，就算中了槍也能若無其事地胡說八道，這是家風加上花英個性而得來的結果。雖然花英對此不喜歡也不討厭，現在卻十分感激。

「我不是想要直接締結DS（愉虐）關係[2]，我們從玩伴開始吧。」

即使都是他自己在說，花英也必須一直壓低自己的聲音，因為稍有不慎就會胡言亂語。那太不像話了，他可不能錯過他的理想型，更何況這是他第一次遇到理想型吧？要罵他人男人主義也好，或是拿著鐵鎚衝過來要敲破他的腦袋，說男人都這樣也罷，這簡直就像命中注定。

那個人在等的是自己——至少花英相信是這樣。

奎元凝視著花英，他開始害怕靠近自己的幸運背後隱藏著什麼。這輩子夢寐以求的男人就

2 DS關係：Dominant-Submissive，締結包含日常生活在內的主從關係。

在幾步之遙，說出了他這輩子求之不得的話，就像作夢一樣。他眨了眨眼，環顧四周，因為他有個可怕的想法，這一切是不是一場夢？

但是花英看著那樣的他，內心感到有些棘手。本來所有一切都是如此，尤其是SM這種事對第一次體驗的人來說，是非常困難的行為之一，所以花英決定稍微強勢一點。他不會強姦奎元，更不會強迫他，非要說的話，這應該說是支配者在引誘對方。

花英在奎元面前慢慢脫下衣服，一臉高興地看著奎元的喉結發顫滾動。同時，手指的動作也沒有放緩，他慢慢地，非常緩慢地脫下衣服。

奎元的視線定在花英身上，美麗的身體慢慢展露出來。那對乳頭舔起來不知道有多甜美，若被那雙手拍打，臀瓣肯定會隨之一顫。壓抑超過二十年的性幻想藉由花英的身體得到了釋放。

最後，他看見了十分渴望含在嘴裡的性器，那模樣筆直完美。奎元自出生以來第一次直視別人的性器，光明正大望著的性器極其吸引人，奎元渴望得快瘋了，剛才嘗過美妙滋味的後穴早就溼了。

花英開口說：「脫。」

高傲嗓音下達的指令使奎元行動起來，著魔似的漸漸脫下衣服，花英臉上的笑容也越來越深。脫到只剩一件內褲的奎元看了花英一眼，那表情——無論如何在花英的眼裡——可憐至極，花英不得不忍下想馬上玩強姦遊戲[3]的欲望。

花英還沒說第二次，奎元就脫掉內褲。他的性器因為期待而早已射精，閃著水光，連會陰處都溼了。

花英對拿著內褲，僵在原地的奎元下達第二道命令。

「咬著，爬過來。」

奎元再次看向花英，慢慢把沾滿自己精液的溼黏內褲咬在嘴裡，開始爬行。

可以稍微玩一點呢。花英確定了這一點。看到開始進行寵物遊戲（Dog Play）的奎元，他興奮到指尖都發麻了。

奎元爬到腳邊時，花英用腳抬起奎元的下巴，而奎元依舊緊咬著內褲。他知道遊戲規則。

「給我。」

聽見花英的話，奎元咬著內褲挺起上半身，遞到花英的手上。混和著精液的唾液沿著下巴流下來，十分煽情。

花英接過內褲，丟到剛才奎元脫下衣服的位置，辛辛苦苦把內褲咬過來的奎元眼裡摻雜著些許埋怨。但花英摸摸他的頭，奎元就閉上眼，享受那隻手的動作。

3 強姦遊戲：強姦的角色扮演，有時會直接把角色設定成強姦犯跟被害人。重要的是，由於是基於「角色扮演」的概念才成立的玩法，因此完全不是實際的強姦。

「這雙唇……」花英聲音低沉地問：「曾碰過幾個吧？」

聽不懂意思的奎元動了一下腦袋，再次看向花英。可是，他沒有講人話。最近的媒體很厲害，又或者是因為奎元是天生的受虐狂，奴性堅強。

「說說看，你含過幾個人的？也喝過尿嗎？」

聽到這番話，奎元顫了一下。雖然內心很期待……但是從沒想過排泄物遊戲[4]的奎元眨了眨眼睛。對強迫行為的甜蜜期待感，以及自己究竟能否拒絕的擔憂令奎元感到動搖。

花英的纖纖玉手溫柔輕撫地奎元的頭髮。

「你不想吃嗎？」

可以老實回答嗎？奎元稍微猶豫了一下後點點頭。腦袋昏沉沉的，因為畢生的夢想突然實現了。

「那麼，牛奶呢？」

奎元準確地了解到牛奶是指什麼，他覺得點頭這個行為對此十分不敬。最重要的是，他想讓花英高興，該怎麼做才好呢？

花英溫柔地注視著奎元絞盡腦汁苦思的臉龐，不久後，奎元伸出舌頭，花英露出發自內心的笑容。

4 排泄物遊戲：Scat-Play，吃排泄物或是塗抹在身體上的遊戲，這種喝尿或尿在身上的玩法又被稱為「水上運動遊戲」。

奎元真的很可愛。他伸出手指，用指甲撓了撓伸得長長的舌頭，然後用手指磨按。

「想吃嗎？」

奎元沒有點頭，但表情非常恭敬地回答：「是。」

花英苦惱了一會，用沾著奎元唾液的手指輕拭過他的眼角並思考，不久後同意道：

「可以。」

奎元看著花英的那裡。眼前的男人肉棒又長又硬，散發著雄性的味道，過去用過的按摩棒都無法與其相比。奎元激動地舔上肉棒，然後再次把舌頭縮回嘴裡，沾上滿滿的唾液後包裹住性器。花英發出滿足的呻吟，更鼓勵了奎元。

花英前後擺動奎元的頭，很輕易就達到了高潮。在花英性器噴濺出精液的那一刻，奎元忍不住咳嗽，生理上的反胃感湧上。花英則用力固定住奎元因為反胃而失去力氣的頭，讓他吞下自己的白濁。雖然流了一些出來，花英也不在意。

花英一放開手，奎元就倒到地上，一直乾嘔的奎元抬起疲憊的雙眼，看向花英。從那張表情中看出歉疚的花英蹲下來，像撫摸小狗一樣輕撫奎元的頭。

「做得很棒，你第一次做就能吞下去很了不起。」

花英沾起流到下巴的精液，抹到奎元的唇瓣上並低喃：

「你的嘴巴很小，會有點辛苦，但只要學過就會進步的。」

「……我做得很糟嗎？」

若是讓我來做能做得更好——奎元一直以來都懷著這種想法和想像，但事實上沒有那麼簡單。性器比想像得還要大，這對花英而言也是個問題。花英的性器算大的，奎元也不曉得自己的嘴巴很小，而且，他幾乎無法津津有味地品嘗強行打開喉嚨射入的精液。

「老實說，有點。」

再這樣下去，自己會不會被奎元一腳踢開？花英皺起眉頭。他也覺得自己剛才的玩法太過穩健了。對方想要被踐踏，而踐踏到對方容忍的底線是玩伴的義務。事實上，也唯有這樣才會有下一次，但是，他不太想辱罵奎元。奎元——在他眼裡——既可愛，值得稱讚又討喜。

『不過沒關係，因為有比打罵更好玩的玩法。就算我這次沒打你，應該也能讓你留下一點印象。』

花英的腦袋估算著奎元受傷的程度，他翻了翻抽屜，並瞥了奎元一眼。半閉著眼睛喘氣的奎元看起來甚至惹人憐憫。修長強健的身體隨意癱軟在地，結實的大腿之間，性器堅硬挺立。看到奎元剛才被強行打開食道至反胃，人生中第一次吞下了精液，性器卻仍然堅挺的模樣，很顯然骨子裡就是個受虐狂。

「那浣腸[5]呢？」

5 浣腸：或稱為「灌腸」，是從肛門將藥物注射至直腸或大腸。

聽見花英的話，奎元一臉吃驚地撐起身子。

「我曾與新手做過這種事，但那是很久以前的事了，想不起來。大約兩百毫升還可以接受吧？」花英等著奎元回答，但是奎元答不出來。

花英再次回頭看去，只見奎元宛如凶神惡煞的臉龐脹得通紅，非常可愛。花英是真心那麼認為，但可愛歸可愛，遊戲就是遊戲。他一臉嚴肅地走近，赤腳踩上奎元勃起的性器。

「先說好一件事，我問你問題，你要在三秒內回答。」

因疼痛而皺起臉的奎元勉強回道：「好、好的……」

「浣腸呢？」

「我今天沒有做。」

「意思是你平常試過了吧？能注入多少？」

奎元猶豫不決，花英再次踩上奎元的性器。他只以用力搓揉的力道折磨奎元，但花英知道奎元感受到的痛苦非常強烈，畢竟是擁有七年資歷的資深支配者了。

花英熟知對方會感受到何種程度的痛苦，而且只看臣服者的表情也能看出來。奎元雖然因為痛苦而蜷縮起身子，但花英腳下的性器流下了液體。基於疼痛就是快感的道理，奎元感到很舒服。

「一管……」

「那就是五十毫升。在做那種事之前，那麼一點劑量只能用來清洗甬道啊。」
花英像唱歌般低吟，用腳底擦過奎元的臉，並踩壓奎元的鼻子跟嘴巴。恍惚之間，奎元用臉感受著花英的腳底，同時射精了。低頭看著射得又久又全身酥軟的奎元，花英說：
「沒規矩，看來要花一點時間調教呢。」

‡

看到奎元擺出不自然的姿勢，花英又笑了。他應該生氣的，但這個情況他只覺得好笑，真是糟糕。而且，花英不是個抓不到要領的支配者，不會挑剔沒教過的事情。
奎元不斷瞥向拿著大針筒的花英，感覺會立刻拿槍掃射的臉上滿是期待與恐懼，覺得十分新鮮。他像圖片跟影片上看到的一樣，趴在地上翹起屁股。
「這次是第一次，所以我才幫你喔。」
花英以這句話當作開場白，從身旁碰上奎元。
他將奎元的肩膀拉低，直到碰到地面，然後將他的頭轉向旁邊，臉頰也貼在地上，然後闔上他的雙眼。花英收回手後，奎元順從地閉著眼睛。
「在肩膀貼著地板的狀態下把臀部抬起來，像這樣。」

看到因為身高太高，抬高的臀部描繪出柔軟的曲線，花英非常滿意。他走回臀部前方，抓著奎元的雙手掰開臀瓣，更把他的腿張開一些。雙腿張開，臀部也會自行打開，顯露出後穴，花英欣賞著這副模樣，舔了舔自己的唇。

真想現在就上他，要忍住這股欲望比想像的還辛苦。

「這是浣腸時的姿勢，記好了。」

奎元自己也覺得這個姿勢非常不便又辛苦，他在影片中看到的那些嬌嫩美少年，是怎麼消化這個姿勢的？若是接受訓練，會變得容易一點嗎？奎元用興奮到發熱的腦袋茫然地想。這個姿勢簡直就像用臉頰支撐住上半身。

居然能擺出這種姿勢，大家都是競技體操選手嗎？雖然他至今曾受過訓練、出過任務，這對他來說應該不難。

這時，想著這些的奎元嚇了一跳，忍不住往前躲，因為花英對緊閉著的後穴吹了一口熱氣。

奎元意識到自己的錯誤，回頭一看，花英毫不掩飾地皺著眉頭。

奎元垂頭喪氣地再度爬回來，擺出和方才一樣的姿勢。

「多加五十毫升，所以浣腸的時間會多五分鐘。希望你不要再未經我的允許就躲開。」

花英冷漠的話令奎元縮起肩膀。不過即使如此，奎元的性器仍完全沒有冷靜下來的跡象。

要是因為這樣就軟掉可不行，花英是十分強勢的支配者，如果對方是香草[6]——是披著M外皮的異性戀男人，就算是他的理想型也只能放棄。

遇到理想型時，凡事都會令人擔心，必須仔細觀察呢。即使如此心想，花英仍在奎元閉上眼時開心地笑了。明明是第一次，卻能從背後感覺到他人的氣息，真是令人驚艷。

花英不是無法理解，不過，支配者的其中一項能力就是挑剔。挑剔的能力有多優秀、是否能正確地引導角色扮演遊戲的發展，將決定是否會有下一次。不能讓對方太痛苦，也不能造成會嚴重影響到日常生活的傷害；能讓對方感受到痛苦帶來的甜美餘韻，同時除了輕微的不適，又不會影響到生活。雖然在遊戲中是支配者玩弄臣服者，但其實支配者的能力是由臣服者來評判。

手指戴上保險套，花英緩慢地蹂躪奎元的後穴。蕾絲般的皺褶越是逐漸伸展開來，奎元的腰就越緊繃，背脊發顫。可憐的美洲豹，花英將嘴唇貼上他的背脊。人們就是因為這樣才無法放棄狩獵遊戲吧。

「以後也練習一下擴張後穴的方法，要完全擴張開來，直到能整個打開、看到裡面。」

奎元點點頭。雖然花英想讓他像以往的對象一樣叫他主人，但他不覺得讓奎元那樣稱呼自己會感到愉悅，反倒認為「花英先生」聽起來既甜蜜又討喜。即使嘴上說他們是「玩伴」，但

6 香草：Vanilla，由於香草香料添加到食物中也完全品嘗不出來的特質，引申為SM的假玩家。

花英的心裡其實已經把他們認定為戀人關係了。

打開後穴的花英將針筒插進甬道。插入的那一刻，奎元的後穴縮了縮。花英愉悅地欣賞著後穴緊縮的模樣，同時慢慢注入浣腸劑。奎元果然有浣腸的經驗，注入一半時都很順利，但在那之後就無法注入了。花英用手掌狠狠拍上奎元渾圓的臀瓣。

因此，奎元努力讓自己放鬆下來。「呼……呼……」奎元的氣息發顫，他努力地深呼吸，花英則細細品味著他痛苦的努力。

好不容易將兩百五十毫升都注入之後，花英也沒有立刻抽出針筒。他慢慢抽出針筒，威脅道：「夾緊。要是流出來，流出來多少我就再灌多少進去。」

實際上，不常有人會流出來，但在這種情況下，奎元就像大部分的臣服者一樣怕自己會流出來，所以努力夾緊臀部，縮緊後穴。隨著針筒往外抽離，他也逐漸施力夾緊。看著褶皺越來越多也是觀察者的樂趣。

針筒抽出來後，奎元終於放下心來似的輕顫了一下，接著發現有什麼東西碰觸到後穴，渾身一震。

「要塞進去嘍。」

隨著花英的聲音，有東西插入後穴。

「呼呼……唔！」

目前為止不常叫出聲的奎元終於發出呻吟。聽見嬌媚的叫聲，花英的臉上顯露出殘酷。奎元發出女性臣服者也做不到、十分高亢又柔弱的聲音，就像貓咪發情時在哭泣一般，可憐地渾身發抖。有什麼東西插入本來就被液體填滿的後穴，誘發了劇烈的痛苦。

肚子裡的液體搖晃。就算靜靜待著不動，腹部也刺痛不已，而現在這股痛楚又因為按摩棒加劇。在這個狀態下，花英動了。感覺到花英的腳步聲漸行漸遠，奎元拚命忍下呻吟聲。但是便意越來越強烈，他再度呻吟起來。

「呼……唔唔、啊啊……啊嗯……呼嗯……」

這可能是他長久以來自慰和想像訓練得到的結果，但花英對這個結果相當滿意。他很滿意奎元知道規則卻依舊生澀的模樣，以及奎元長期進行想像，以此吐出的呻吟。

「咿咿……！」

奎元不斷顫抖著。花英瞥了時鐘一眼，現在只勉強過了三分鐘，還剩下十二分鐘。

雖然時而發顫的腰肢讓人覺得很可憐，但花英的性欲因此高漲。他喝著香甜的葡萄酒，決定單純地欣賞這幅美景。

痛苦襲來的速度逐漸加快，奎元好不容易壓抑住的便意轉了一圈，再次回到後穴時，他用力夾緊。即使如此，他仍然用手掰開臀瓣。他能感覺到自己的身體不停顫抖，每當他快忍不住時，就會發出「咿——！咿！」的高亢呻吟。這一切都羞恥到令人想死，但奎元無法否認他因此陶醉於其中。

「啊……唔唔唔嗯……咿咿……呼！」

感覺到橡膠按摩棒緩緩被液體往外推，奎元盡量用力把它夾緊。然而對奎元來說，僅僅移動了一毫米，感覺也像移動了許多，恐懼讓他蜷縮起身體。如果將橡膠按摩棒彈出去，做出失禮之舉該怎麼辦？

恐懼襲來，奎元害怕極了，他的性器也因此更加脹大。他不曉得該怎麼辦，他或許會做出人類最糟糕的行為——那股心情更強烈地喚起奎元作為臣服者的快感。

看到按摩棒稍微掉出來的花英，慢條斯理地宣布：

「十分鐘結束，然後作為你躲避的懲罰，開始計時五分鐘。」

因為結束而湧上的安心頓時轉為絕望，奎元的臉在地板上磨蹭。無論如何，他都必須忍住，但是橡膠按摩棒快掉了，而且剛才聽見花英斥責他沒規矩的時候，他的陰莖早流出汁液了。當他夾緊臀部，黏膜受到刺激，性器就更加硬挺。

容納按摩棒將近十年的後穴很清楚那是什麼滋味，他現在也想把橡膠按摩棒插得更深入，磨蹭敏感點。那股衝動和便意，以及與恐懼抗爭的時間流逝得極為緩慢，當他生理上開始湧出眼淚時，花英的腳出現在他的眼前。

奎元大概沒有發現到自己一直發出「嗯、嗯」的聲音。為了減輕痛苦，他更微微前後擺動著腰肢。花英看著那張困惑的臉龐，用溫柔的聲音問：

「你要去廁所，還是在這裡排出來？」

那個問題的答案不用多說，奎元撐起顫抖的雙手。他的臉頰、肩膀、全身發麻，但是他想盡快到廁所。奎元擔心按摩棒會掉出來，緊夾著雙腿努力爬到廁所。那條路非常遙遠，好不容易爬到瓷磚地板上的奎元艱難地坐上馬桶。

他坐下的那一刻，花英說：「轉過去。」

奎元無法理解，抬眼望向花英。

花英扶起奎元的身體，讓他抱著水箱坐下，這個姿勢能讓花英看到背後。

披著羊皮的花英覺得，奎元低頭顫抖的模樣就像惹人憐憫的百合，雖然看著他的臉也很好，但花英本能性地感覺到不能過度逼迫奎元，在他的認知中，奎元不是一個能在他人面前排泄的人。他很排斥排泄物遊戲，因此應該也很抗拒排泄。然而，坦率的花英覺得自己無法放棄輕微的排泄物遊戲。花英慢慢將手伸進馬桶裡，抓住橡膠按摩棒。

「如果沾到我的手，就餵你吃掉。」

聽見花英的威脅，奎元咬緊嘴唇。

感受到他拚命夾緊後穴，花英覺得他好可愛。不過隨著花英抽出按摩棒，黏膜越是夾緊，令人渾身起雞皮疙瘩的排泄感讓奎元不知所措。

花英目不轉睛地盯著那張臉。雖然他知道奎元十分抗拒，不能逼迫他，但是那張臉嬌羞可愛到令人受不了。花英一將按摩棒慢慢抽出去，滴答——就清楚聽見液體滴落的聲音，奎元的臉色瞬間變得蒼白。但即使如此，奎元的肌膚本來就曬得黝黑，看不太出來。

浣腸劑滴進馬桶裡的聲音讓奎元很想摀住耳朵，但是他忍住了。現在這個情形讓他難為情到快發瘋，然後又開心到快死了。這是他曾經想像過的行為。

花英將橡膠按摩棒拿到奎元的眼前。

奎元曾擔心上面要是沾到了什麼該怎麼辦，但幸好按摩棒很乾淨，而花英喃喃細語：

「你可以上出來了。」

他決定稍微大發慈悲，不看向奎元的臉，同時按下沖水閥，受到巨大的沖水聲掩蓋，幾乎聽不到奎元排泄的聲音。但是，奎元的表情依然染上了羞恥，既不能哭也不能尖叫的他不安地坐在馬桶上，稍微抬起臀部排泄。

因為忍了很久，滿足感也十分強烈。花英凝視著張著嘴，半是恍神的奎元。

對上花英目光的奎元渾身一顫，他應該馬上就會被那個男人擁抱——第一次被男人抱。第一次強迫排泄的行為既痛苦又令他著迷，是個令人震撼的體驗。雖然現在仍有東西從他的後穴排出來，不過眼前的花英在旁邊看著他。

奎元就快流下淚來。

他拋棄自己作為人的尊嚴，留下的是他夢寐以求的男人臉龐。既美麗又殘酷的溫柔男人窺探著奎元的內心，不過，那張表情既討喜又充滿溫暖，令奎元閉上了眼。

不知不覺間，水聲跟排泄聲都停止了。接著，滴滴答答的聲音響起，這是長時間受到刺激的性器再度流出精液的聲音。那聲音宛如低聲細語地說著「你就是這麼淫蕩」，讓奎元忽然感到頭暈目眩。

一直以來，他期盼著這種情境許久，卻又盡量迴避。因為他雖然想遇見自己的主人，另一方面又覺得若是如此，一切就完蛋了。如今他不再迷惘了，因為他強大的主人正眼尾帶著笑，嘖嘖咂舌。

「我只允許你的後面排泄啊。下次得把你的前面堵起來才行了。」

那隱晦的威脅又讓奎元的身體發燙。即將到來的痛楚，無疑是快感的前奏。

‡

奎元聽從花英的指令從馬桶上下來，但是腦袋依舊昏沉沉的，作為男性十分優秀的身軀倒在地上。在長久以來見過無數老手的花英眼裡，奎元的身體也具有威脅性。那具身體並非靠舉啞鈴等等打造而成的，而是真槍實彈練出來的，是透過奔跑、拳打腳踢，至今擊倒許多對手、真正野蠻的身體，既強大又美得令人震懾。

確定水是溫的之後，花英把水潑到奎元身上。他現在大概覺得自己失去了一切。

花英透過過往的經驗，知道想誘惑第一次接觸ＳＭ的男人，就絕對不能得過且過。他明確地明白「絕對回不去了」的感受會令對方產生快感跟順從，因此做出了這些行為。

浣腸後夾著按摩棒，像狗一樣爬到馬桶上，在露出後穴的狀態下得到允許，進行排泄，甚至因為排泄而射精，根本就像身在地獄。

「浣腸姿勢。」

被花英的話迷惑，男人拚命撐起身體。他將臉頰與肩膀貼在冰冷的磁磚地板上，高高翹起臀部，掰開臀瓣。長時間含著按摩棒跟浣腸劑的後穴大大敞開，既可愛又淫蕩。花英將蓮蓬頭抵上敞開的後穴。

「呼唔唔……」

即使發出呻吟，奎元的姿勢也沒有改變。對他而言，浣腸是很恐怖的行為，同時也是令他著迷的步驟，令他既害怕又期待。深知這點的花英為了讓奎元感受到滿足的餘韻，將蓮蓬頭抵上後穴，直到流出來的水變成清澈的水。

花英在疲倦呻吟的奎元面前蹲下來，問道：

「你知道我接下來要做什麼嗎？」

聽到他這麼問，奎元一臉期待地點點頭，又感到有點害怕。已經幾乎喪失羞恥心的奎元盯著花英的重要部位，彷彿在確認尺寸。

花英用溫柔的嗓音，告訴方才被橡膠按摩棒折磨的奎元：

「我比剛才的按摩棒大多了，你的後穴得張開更久才行。」

他欣賞著奎元目光不斷游移的樣子，突然伸出手指，從奎元的頸項根部撫摸至下巴。

「唔嗯……」

奎元像女人一樣發出呻吟，見狀，花英笑了。

「喵兩聲給我聽聽，養一隻公貓是我的夢想。」

然後花英的手指與方才不同，用力按上奎元的脖子。花英用食指用力按壓，並從鎖骨正上方緩緩移動到下巴。奎元被花英的指甲抓過，脖子上出現一道抓傷，滲出血來。

花英把血抹在嘴唇上，俯視著奎元。

兩人目光相對之際，奎元彷彿被施了魔法，低鳴了一聲：「喵～」

奎元意識模糊地心想。名為尹花英，比花朵還美麗的男人，是一位跟他外表不同的人。他是溫柔的暴君，而且有著強大的力量，連身體就是武器的奎元都不曉得能不能用力量壓制他。

他的想法完全沒錯。即使奎元躺在地上，花英仍能在他面前把自己清洗乾淨，之後一把抓住奎元，在完全沒有旁人幫助的情況下，立刻將他扶起來。

花英將奎元扔到床上，精緻的臉上燃起令人害怕的欲火，看起來更加頹廢。在奎元看著那張臉恍神之際，花英恣意擺弄著奎元的身體，擺出他想要的姿勢。
他讓奎元躺在床上，手抱住大腿內側，把身體對折。這個姿勢要將身體彎曲到最極限，直到必須倒立起來，再稍微動一下就會折斷脖子的程度。雖然脖子稍微喊著痛，但奎元的性器再次挺立起來。
「剛才我看按摩棒很輕鬆就插進去了，你之前曾用過？」
花英問道。
奎元開始不太清楚是不是所有支配者都這樣了，因為他經歷過的支配者只有花英一人。花英雖然會虐待他，但也會觀察他的身體狀況，和色情影片都不一樣。花英一直詢問奎元可以做到什麼程度、以前是否嘗試過、這是不是他討厭的玩法，奎元很喜歡他的體貼。
「我說要三秒內回答我，這是懲罰。」
花英說完，用嘴巴啃咬奎元的乳頭。
「啊……嗯……啊嗯！」
奎元哭著發出哀嚎。雖然奎元的聲音和外表不相符，但是由花英看來、聽來都非常討喜。奎元的乳頭稍微腫起來後，花英鬆開嘴，用手指捏起，奎元的嘴裡就洩漏出「唔嗯」的聲音。
花英愉悅地看著奎元抱住大腿內側，手臂不斷發抖的樣子，要求道：

「告訴我，這淫蕩的屁股能張開到什麼程度？」接著又用殘酷的聲音續道：「若是不回答，我就測試你的極限到裂開為止。」

奎元嚥下一口口水，想說點什麼，但他不確定自己用的按摩棒究竟有多粗，就在三秒即將過去前先開口道：「啊，那個……我不曉得那個尺寸有多大。」

花英把一根手指伸進終究無法好好回答問題的奎元嘴裡，臉上興奮地泛起紅暈，問道：「大概這個大小？」

這一刻，奎元必須在這無人看見的地方壓抑著呻吟，回答出曾使用過的按摩棒尺寸。在這不人道、殘忍又恥辱的瞬間，奎元勃起了。奎元用顫抖的舌頭含住花英的兩根手指，而花英動了動手指。

奎元的小嘴拚命張大，臉頰內側的黏膜柔軟無比。花英的手指滑動，蹂躪奎元的口中，並玩弄他的舌頭、唾液、舌根、上顎，連每一顆牙齒都不放過。

奎元的口交技術糟糕透頂，如果他不是花英的理想型，像花英這種經驗豐富的支配者根本無法射精。可是，如果好好調教，這張嘴會成為極樂天堂，因為嘴巴越小，收縮的力道就越強。雖然他含得很辛苦，但光是看到他含著自己的樣子，就讓花英輕易興奮起來了。

腦袋裡一想到奎元對塞滿嘴巴的男人性器感到興奮、讓他在自己面前排泄，並挑剔、折磨對方的情景，花英的嘴角就露出一絲笑容。奎元無法撐太久，只要稍微刺激一下就會流出精液，這真的是個壞習慣。

要慢慢讓他改掉這個習慣。花英輕輕搔刮著奎元的喉嚨，同時暗自心想。雖然奎元現在有點難受地流著淚，但花英有自信，奎元以後會央求自己塞進他的嘴裡。

溼潤的手指插入奎元的後穴，花英感受到因為浣腸而變敏感的黏膜裹住他的指頭。花英的手指緩緩進入深處，心急如焚的奎元咬住嘴脣。他想立刻哀求花英，卻又不想要這麼做。

雖然這是他期盼已久的夜晚，但是奎元醜態畢露，他十分抗拒對一個不怎麼熟識的人徹底展現出這麼多面貌。奎元搖搖頭，試圖抵抗湧上的性欲。就算他很清楚正常的人生已經結束了也無法繼續忍受，排泄的時候也沒令他這麼害怕。即使不曉得原因，奎元仍搖搖頭。

花英輕吻上帶著淚水的眼角，問道：「覺得害羞？」

奎元這才明白籠罩著自己的是什麼感情。沒錯，現在這個情形讓奎元十分難為情，羞恥到勃起、想哭的地步，根本無計可施。奎元心想，這樣還不如挨打後遭到強姦。這位親切的支配者很享受調教奎元身體的過程，還教導奎元掰開自己的後穴。

對一個年紀比自己小、身高比自己矮，看起來比自己柔弱許多的男人，以醜陋的模樣張開雙腿，讓奎元覺得很難為情。穴口一直在發顫，奎元極力阻止想哀求對方的自己。

但花英稍微抽出在體內攪動的手指時，奎元又不由得感到焦急難耐。

他想稍微擺動腰肢，使手指深入體內，但他抱著大腿內側，對折起來的身體沒辦法做到。

奎元沒有意識到，他正在扭動腰肢。想讓手指觸碰到深處的模樣，滿足了男人的征服欲。

「你可以求我。」

聽見花英的低語，奎元才豁然明白自己為何無法提出要求，因為花英並未允許。

只要行為的主導者花英不允許，自己就什麼都做不到——本能不准自己開口哀求。

「請給我……」充滿男子氣概的嗓音微微顫抖。雖然是男中音的粗獷聲線，聽起來卻比世界上的任何人都柔弱。

花英瞇起眼道：「終於開口了？」

花英帶著笑意的聲音中，摻雜著些許挖苦和殘酷的溫柔。

奎元曾想過許多哀求的話。叫我母狗、上我、撞我……他可以在想像中說出這些話，面對比他年幼的美男子卻說不出口。

花英愉悅地俯視著奎元黝黑的臉龐因為漲紅，轉為奇妙的臉色。他這副表情分明是知道什麼話能取悅花英，卻實在無法說出口，這一點真的很討喜，讓花英很滿意。不過這也難怪，花英也只心想，理想型在討好自己，當然會覺得他做什麼都很可愛。

這都只是藉口，雖然花英想繼續折磨他，但他快忍到極限了。花英說了一句「下次要講請上我」，就一口氣將性器挺進後穴。

「哈啊啊啊啊！」

被自己抱著的身體無法再凹折，奎元只發出慘叫聲。彷彿男中音模仿女高音的那道慘叫聲有點像鬧劇，卻很純粹。身下不規則地響起嘎吱聲響，花英的動作十分粗暴。

「呃、啊啊……啊！」

奎元無法克制自己的聲音，就像一位忍受雲霄飛車的懼高症患者，緊緊閉著雙眼。即使如此，那股感覺依然直撲而來。巨大的性器從後穴挺進深入，被粗魯抽送的感覺束縛著奎元。

「要、要……啊！嗯、啊啊……會裂開，會裂開啊……啊啊啊！」

耳邊傳來花英的低吟聲。花英快速抽送著，不停喘氣，嘴裡散發出紅酒的香氣並大喊：

「我就要捅爆你，捅爆你的後穴！」

聽見花英如此高喊，奎元發出綿長的嬌吟聲。花英像要捏碎一般一把握住奎元身前的性器。痛苦與快感交織，將奎元逼到極限。

「唔啊啊啊！嗯嗯、啊啊、啊嗯！請、放開……我……唔嗯、啊啊啊嗯！」

「沒規矩！受虐方不准先高潮！你要忍著，更夾緊後穴，明白嗎！」

「遵、遵、遵命……咿咿！唔嗯！」

奎元流著淚，用無法好好說話的嘴發出呻吟，並擠出回答。

高潮的那一刻，花英故意堵住奎元的性器，大喊著「夾緊，再夾緊！！」。緊夾著性器的黏膜讓花英腦袋昏沉，快射出來了，即使如此，他仍逼迫奎元再夾緊後穴。

奎元並非自願夾緊後穴，只是在壓抑高潮的感受，這種行為並無法讓奎元感到滿足。臣服者必須服從，但假如支配者在批評又稱讚的同時，不懂臣服者因為一切受到掌控而感到愉悅快感的方程式，就是一個不合格的支配者。

花英很清楚，雖然現在這一切都令奎元大感震撼，但他完全可以適應，所以花英想從一開始就訂好規矩。

像要深入探索緊縮至極限的內部，花英挺進最深處並射精。他咬緊牙關的模樣過於嫵媚，使奎元呆愣地仰望著他。他抱持著希望花英滿足的心，竭盡所能地夾緊括約肌。

在他施力的那一秒，花英發出「啊啊……！」的呻吟，身體發顫。

由於花英達到高潮的樣子十分迷人，奎元的性器更加脹大。然而，花英纖細的手正用力堵著他的前端。

射精後，花英依然游刃有餘的樣子，像上完小便般抖動性器。每次抖動，快高潮卻被堵住前端的奎元就會發出「哈啊」的聲音，蜷起身子。花英在已經失去理智、渾身顫抖的奎元耳邊輕聲低語：

「你要懇求我，說『請允許我射精』，知道嗎？」

花英這麼說著，將奎元的手拉下來。他被欺凌了很久，應該快到極限了，假如奎元的體力不好，他們可能在中途就得改變體位了。硬是凹折的脖子變紅了，但應該不嚴重。

「請……請允許……我射精……唔唔！」

終於放下雙腿的奎元扭動著身體哀求。與其說是耐力不佳，更是像無法抗拒快感的人，因為浣腸時他忍得很好，現在卻幾乎哭喊著哀求花英。

花英把奎元扶起身，讓他張開雙腿跪著後，自己從容地靠在床上命令道：「射吧。」

花英一鬆手，奎元馬上晃動起自己的性器。他眼神渙散，嘴裡連連發出「呃嗯、呃嗯！啊啊啊啊！」這種連看A片都不常聽到的高亢嬌吟聲。

「嗯～啊……嗯、嗯，好棒、好棒……好棒～啊，要射了……啊啊啊啊啊！」

這幅畫面很刺激，而且已經開始恍神的奎元正在用手指抽插著自己的後穴。

花英原本想要制止他，但後來放棄了，那是一件好事。既然他下定決心要馴服他了，就必須讓他只靠後穴高潮。

連嘴巴也合不攏，流著口水噴濺出精液的奎元甚至跌到了地上，花英「唉……」地嘆了一口氣。他的性器又勃起了，臣服者跌到地板上，大聲哭喊著，喪失了尊嚴卻仍死纏爛打，這是支配者最想要，也最興奮的時刻。

射精後的奎元氣喘吁吁地盯著花英的性器，那一刻，從容巨大的貓咪本想撲上去卻顫了一下，抬眼看花英的臉色。

「可以喔。」

花英一下達許可，奎元就撲上去，慌張地把性器含進嘴裡。即使看見奎元的櫻桃小嘴撕裂淌血，花英也沒手下留情，繼續逼迫他。這個行為與其說是侵犯，更像是凌辱。不過，奎元也很拚命，他想再次品嘗到精液。

喉道炙熱，甚至乾涸到令他痛苦，大概是因為張著嘴巴，不停喘息的緣故才會感到乾渴。花英射精時，奎元也射了出來。流入喉嚨的液體依舊帶著腥味，花英的性器依舊碩大，奎元再次乾嘔起來。但他既不閃躲也不鬆口，他將性器含進嘴裡，就算還在乾嘔，他依然完全勃起，然後射精了。而且在這之後，奎元也等著花英的命令。

「停。」

聽從花英的命令，從嘴裡吐出性器時，奎元感到很惋惜，他還想再舔舐一次。那種感覺與太過火的愛很相似，人在身旁時會感到開心又痛苦，不在身邊時又希望對方在身旁。

奎元注視著眼前的性器，吞下好幾次口水時，花英笑道：

「好了，結束，我先去洗澡。」

語畢，強硬的暴君轉眼間變回了面如冠玉的善良男子。

‡

腦袋裡就像被炸彈擊中的廢墟一樣，奎元絲毫不願意回想自己做了什麼好事！雖然他在心裡想著「絕對、絕對、絕對！要把這些記憶都刪除！！」，但問題是他記得一清二楚。奎元用雙手摀住自己蒼白的臉，咬緊嘴唇。

時間是不可能倒流的，不可能……不會吧，老天爺，不可能，不可能！

雖然他很渴，但只要想到剛才自己說口渴，去央求花英的行徑，他就想直接去死。雖然方才的行為帶給受虐狂的金奎元很棒的快感，但那段記憶讓普通人的金奎元羞愧到有股想自殺的衝動。

「去洗澡吧。」不知不覺間洗好澡的花英對幾乎石化的奎元說：「去洗澡之前，你要不要先看一下？」

聽見這句話，奎元的身子顫了一下，往後退。

「看、看一下是什麼意思？」

看著他十分驚恐的表情，花英滿臉笑容地說：「我是說後面，搞不好有撕裂傷吧。而且嘴唇也要抹點藥。」

這麼說的花英手裡拎著醫藥箱。奎元驚慌地站起來，連聲說著「我沒事，真的沒事」。他彎著腰想站起來，卻被花英一把按住，奎元因為慌張而跌坐到床上。

「萬一不小心受傷就不好了，抹個藥就好，別人也都是這樣的。來，別表現得像個新手，躺下來吧。」花英說完，將奎元推倒。

奎元基本上是個有常識、個性害羞的人，所以他對「別人都是這樣的」這句話非常沒有抵抗力。而且花英非常清楚，大部分的受虐狂在自己不懂的領域不太會堅持自己的主張，何況他直到剛才都是奎元的「主人」。

張開腿的奎元皺起臉來，而花英費了一番力氣，才讓自己想馬上再次開始玩遊戲的心平復下來。奎元沒辦法再繼續了，而且，其實花英也玩得十分盡興，所以剩下的他想留到以後。

一撐開裡面，奎元的身體就顫了一下。花英裝作沒看到，將殘留在奎元體內的液體刮出來，用溼紙巾擦拭乾淨後上藥。望著花英垂眼慎重的表情，奎元輕輕勾起笑。

後穴內側都抹好藥後，花英抬起視線，打算幫奎元的嘴唇上藥而湊上前，問道：「什麼事情那麼有趣？」

「我是在想您真熟練……認真的表情……」

「很帥」兩個字說不出口，所以奎元清了清喉嚨道：「讓人印象深刻。」

替嘴唇上完藥的花英翻找著醫藥箱，拿出軟膏塗在被折磨過的乳頭上。本來就很敏感的地方一被碰到，奎元就腰桿一挺，發出「呼喔……！」的聲音。

「別挑逗我，如果開始第二輪，您會無法走路喔。」

花英雖然笑著這麼說，但突然被自己的理想型當成花花公子，他心情不怎麼好。

事實上，每個支配者都很會收拾善後，而且，他不曾在玩完如此穩健的遊戲後做過善後處理。連屁股都沒打，這不是非常溫柔的玩法嗎？這……只是他的體貼，抱持著不希望奎元受傷的心思。

這個人怎麼就不懂他的苦心呢？在內心嘟囔的花英，突然明白奎元為什麼不理解了。剛剛他讓奎元躺下時，說了「別人都是這樣的！」才讓他躺下。他莫名有種挖坑給自己跳的感覺，心裡有點不是滋味。

「你稍微躺著等一下，等藥吸收了再去洗澡吧，洗完出來再抹一次。」

說完，花英把醫藥箱放在桌上後回到床上。奎元用不方便的姿勢躺著時，花英枕到他的手臂上，躺在他懷裡。

當然是花英抱著奎元，而非奎元抱著他。花英將臉貼上奎元的胸口，伸出舌頭舔舐奎元的乳頭，然後兩人同時皺起眉。奎元皺眉是因為有股快感，花英……則是因為藥，舌頭舔到的藥非常苦。

「還可以嗎？」花英問道。

不曉得花英的問題是什麼意思，奎元就沒有回答，等著花英再多說點什麼。這時，他的視線挪到花英溼漉漉的頭髮上。因為很短，幾乎半乾的頭髮看起來既清爽又柔軟。奎元伸手輕捻他的髮絲。

「我怎麼樣?作為您的玩伴有合格嗎?」

花英抬起臉問，臉湊得非常近的花英身上散發出肥皂的香氣。那清爽的味道反而喚醒了奎元不久前親暱行為的記憶。

奎元發現自己正不自覺地揉起花英的髮絲，身子一顫，把手收回來。

花英注視著那樣的奎元，等著他的回答，可是奎元只一臉慌張，什麼話也不肯說。

奎元的長相是花英的菜，又是同性戀裡的受虐狂，正是他的夢中情人，但即使花英內心焦急，奎元也沒有給出任何回應，心裡猶豫不決。

「不怎麼樣嗎?」

花英神情落寞地問道。聽見這句話，奎元搖搖頭。

「我不是在問你我剛剛的表現如何。」

我比你更清楚，你剛才在那場性愛中十分滿足。

花英玩弄奎元的嘴脣。

「我是在問你，我作為玩伴合格嗎?因為不管我表現得再好，對方都有可能不喜歡。是不是我不怎麼樣?」

花英低喃說道。他心裡回想起那幾個想與他建立愉虐關係的男人。他們向他開口時，是不是也跟自己現在一樣，覺得忐忑不安?而花英都果斷拒絕了那些提議。

「不，怎麼會，怎麼可能不怎麼樣，您真的很帥……」

奎元立刻直率地反駁了花英的話，使花英暫時放下心來。與那些被自己拒絕的多數玩伴不同，奎元似乎沒有要立刻推開他的意思。在這狹小的圈子裡向來呼風喚雨的尹花英，第一次感到緊張。

「那麼，我可以當作你同意我們以愉虐關係為前提，當彼此的玩伴嗎？」

花英問道。俊美的男人緊張地等著奎元的同意。

在走進這家俱樂部前，奎元曾夢想能經歷這些，就算只有一次也好，他也想嘗試看看，所以才想在年紀變得更大前去整形。

就在他打算拋棄一切、向前邁進時，花英凝望著他。

奎元不知該如何是好，他不曉得自己是否應該完全相信這份幸運。

花英的目光慎重，等待著奎元的答覆。

雖然他嘴裡說希望以愉虐關係為前提，成為玩伴，但這句話很微妙。

它跟「以結婚為前提交往」這句話很像。他的意思是兩人的關係不算什麼，讓奎元安心的同時，也表示他們只能跟彼此見面。花英擔心會給對方帶來壓力，所以說得十分委婉，但那句話的真實含意，就跟遇見理想對象的普通男人沒兩樣，只不過是用性愛遊戲代替喝咖啡，之後懷著悸動表白。

「我想跟你交往。」

花英現在正步步遵循著戀愛法則走。

就在花英絞盡腦汁想方設法時，奎元正在跟自己內心的道德感打架。他是受聘來當保鑣的，可以跟保護對象繼續維持這種關係嗎？他覺得必須拒絕，但花英是個非常美麗又殘酷的主人，他以後還能遇到這種支配者嗎？

不只是整形，就算醫生施展魔法，把奎元一百九十七公分的身高縮減到一百七十七公分左右，讓他變成柔弱的美少年，他究竟能再遇見這樣的支配者、聽到對方提出如此甜蜜的提議嗎？

花英是完美無缺的人，至少在奎元眼裡是如此。

「唉……總之，啊……」

而且，花英也不是要立刻締結愉虐關係……如果奎元拒絕，這個好男人應該會馬上收手，因此，奎元決定放縱一次。

「還請您多多指教。」

奎元的話讓花英露出燦爛的笑容。奎元同意了！終於得到一頭貓科猛獸讓他非常高興，花英笑了，表情中透露出喜悅。

奎元怔愣地看著花英慢慢靠近的唇。

花英閉上眼，將嘴唇貼上來，他的吻既溫柔又謹慎。他舔過奎元緊閉著的唇瓣，像在叫他張開嘴巴。探入奎元嘴裡的舌頭緩緩舔過口腔內側，像在朝聖般小心翼翼地親吻著。

花英的雙手慢慢舉起，像在確認什麼似的，手指沿著奎元的手臂往上撫去，掠過肩膀、脖子，來到臉頰上。他憐惜地捧住奎元的臉，輕吻上去。

奎元緩緩閉上雙眼。他的初吻是這個世界上最甜美、最棒的吻。這是強大的暴君賜予忠臣的慈悲之吻，也是美麗戀人獻上的羞澀之吻。奎元的喉嚨深處發出了呻吟。

第二章

清晨五點三十分。

奎元一如往常地睜開眼睛，房間內部依舊昏暗，所以他一時沒意識到自己身在何處。不過手上觸碰到的頭髮喚醒了所有記憶，他將臉埋進枕頭裡，心煩意亂。

心煩了一會的他就像可愛的戀人，從枕著他手臂熟睡的花英頭下，小心翼翼地把自己的手臂抽出來。他幫花英蓋好被子後走進浴室。後庭有點刺痛，但不至於無法走路。

痛楚比想像得還要輕微，奎元一邊沖澡一邊確認自己的身體，不得不承認花英做的善後處理是對的。脖子上的刮傷幾乎看不見了，乳頭也只是稍微腫起來。奎元試著張開嘴，嘴唇的撕裂傷也沒問題。要說有什麼問題，大概是他的後穴到現在都還在陣陣抽痛，不過似乎沒有撕裂傷，只是硬撐開來的後遺症。

奎元面露狼狽，他依然覺得有什麼東西在體內。他站在蓮蓬頭下苦惱了片刻，伸手摸了摸後穴，腦袋裡浮現昨天的記憶。

他接連想起自己被浣腸後，像條狗一樣在地上爬，得到主人許可才排泄，並坦白了自慰時使用的按摩棒大小，更主動哀求主人進入他的體內，又大聲哭喊。他覺得既丟臉又甜蜜，後穴陣陣抽痛。他哀號著「要裂開了」，卻被主人責備，要他再夾緊一點。

「再夾緊一點，身為受虐方不准先高潮！」

一想起花英冰冷殘酷的指責，奎元就忍不住將手指從插入後穴，模仿著花英當時的手部動作，而另一隻手堵住性器，他在水聲的掩蓋下發出低吟。

「唔……嗯、啊、啊啊啊……嗯！」的聲音打上牆壁，傳進他的耳朵裡。

花英在腦海裡要求道：『你可以求我。』

「請允……允許……我射精。」

蓮蓬頭落下的水流，連同奎元的罪惡感跟自制力一起沖入了下水道。奎元哭著哀求。

昨晚逼迫自己的花英用手握著自己的性器，在他苦苦哀求幾次、請求他的允許後，腦海中的花英低聲說道：『可以喔。』

奎元終於把手從性器上拿開，品嘗到射精甜美酥麻的快感。

「啊啊啊啊……！」的聲音穿透水聲，打上磁磚。

他不知道自己是何時擺出這個姿勢的，奎元撐起身子，花英的聲音依舊在腦海裡迴盪。

「這是浣腸時的姿勢。」

奎元用花英教他的方式自慰，腦袋裡也想著他，哀求著幻想中的他。

他坐在冰冷的地上抬起頭。蓮蓬頭的水打在身上，奎元再度趴在地上。臉頰跟肩膀靠在一起，貼在地上，臀部高高抬起。他沒有撐開後穴，手指直接插了進去。

忍著刺痛感，他將手指一隻、兩隻地塞進去，慢慢撐開穴口。

『以後也練習一下擴張後穴的方法，要完全擴張開來，直到能整個打開、看到裡面。』

他現在有確實把後穴打開嗎？他無從得知。不過既然花英叫他練習，他就想盡力練習。花英大概跟很多人玩過，因為昨天花英也叫他不要表現得像個新手。花英應該真的跟很多人玩過……自己搞不好是最無趣的臣服者。奎元想得到花英的稱讚，他得努力才行。

奎元站起身，忍著後穴剛才被撐開來的痛繼續沖澡。沖完澡，體內的亢奮也平息了。奎元擦著頭髮走出浴室時，突然頓在原地，因為花英正站在浴室前，露出意味不明的笑容。奎元心想「被發現了嗎？」，心臟怦通直跳。他剛才想著花英，苦苦哀求腦海中的花英並自慰，按照他的要求練習擴張後穴的畫面，被他看到了嗎？

看到奎元神情僵硬地垂下視線，花英抬頭看著奎元，輕聲一笑。

「奎元先生的哭聲真的很美呢。」

他聽見了啊。

奎元用雙手拉下蓋在頭上的毛巾，深深低下頭。全身赤裸時，兩人的體格差異更明顯了，花英的身上沒有一絲贅肉，完美無瑕。即使是捏麵人，也捏不出像他一樣完美的體態。他之所以沒有格外壯碩的肌肉，是因為花英沒有特別做那方面的運動。不過，花英作為一個生命體，身材看起來漂亮又強壯。

花英經過奎元身旁，走進浴室，只留下輕聲呵笑的笑聲。

奎元看向房間裡梳妝臺鏡子中的自己。

凶狠的臉龐、一看就知道他從事什麼工作的傷疤、曬得黝黑的皮膚、因為常扛著武器竄逃而比軀幹更發達的四肢肌肉，他的整體印象就像個凶神惡煞，美麗的男人都不會選擇他，想到這裡，他再次嘆了口氣。

他雖然不太想成為女人或美青年，但他想給花英一個好的印象。可是不管怎麼想，從他的角度來看都是不可能的事，他只能嘆氣。

「哭聲真的很美。」

奎元的腦海中響起花英說這句話的聲音，滿臉通紅。雖然這個評價對男人而言絕非稱讚，但他就是很開心，因為他天生就有奴性，要是他的長相也像個奴隸就好了。

此時電話響起，奎元一時不曉得該不該接，但最後還是拿起了話筒。應該是櫃臺打來的，也許是想催他們退房，但他只猜對了一半。

『您好，我們像往常一樣提供晨喚服務，現在是早上七點整。』

看來花英是常客，「像往常一樣」這句話讓奎元聽了心裡覺得有點苦澀。

奎元說了句「好的，謝謝。」便打算掛電話，不過打電話的女性問：

『這位客人，請問您是尹花英先生的貴賓嗎？』

奎元回答：「不，我是他的保鑣。」

對方立刻說：『不好意思，可以請您來停車場一下嗎？您開來的賓士發生了一些狀況。』

奎元敲響浴室的門，還以為裡面會傳來花英的回應，但花英打開門走了出來，似乎已經梳洗好了。花英一邊撥弄頭髮，一邊走出來，看著奎元催促他開口。

「他們說車子有點狀況，要我去停車場一趟，我去去就回。」

「一起去吧，我穿個衣服就好了。」

看見花英換上衣服，奎元這才意識到自己也裸著身子。他趕緊換好衣服，開始整理環境。

換好衣服的花英一把抓過奎元的手臂，說：「不用整理啦。整理房間包含在服務項目裡，停車場那邊更急吧？來，我們走吧。」

花英帶頭走在前面，奎元與他一起走出房間。

‡

「在發生這種事的期間，你們俱樂部到底都在做什麼？」

雖然花英是用真心好奇的語調詢問，俱樂部的員工都低頭不語。賓士幾乎被砸得稀巴爛，玻璃全部碎裂，輪胎被戳破漏氣，引擎蓋被打到凹陷，車頂也扭曲變形，明顯是拿木棍或球棒亂砸一通，而且，最惡劣的是上面的塗鴉，有人用噴漆在車上寫了「去死吧，變態」之類的字樣。

「對不起，不、不過只有客人您的車子變成這樣，我們認為是對您懷恨在心的人做的。」經理平靜地說道。

花英偷偷瞥了奎元一眼。奎元跟昨天完全不同，面無表情地低頭看著車子，然後繞著車子走了一圈，動作非常慎重。

「所以你現在希望我怎麼做？你們推測是對我懷恨在心的人做的，所以要我自己報警的意思嗎？」

經理聽見花英的話，哭喪著臉搖頭。如果警方介入這件事，他們就要關門大吉了。經理回答花英：「我們會負起責任，替您將車子修理好送回去給您的。計程車也幫您叫好了，您可以順利回到家。」說完，經理低下頭。

正在查看車況的奎元聞言，很是同情那位經理。賓士幾乎被砸爛了，他居然說會承擔維修費，不曉得俱樂部老闆會不會放過他。不過這臺車的確需要送修，這也沒辦法。

坐上計程車時，俱樂部的員工仍數度彎腰鞠躬，反覆道歉。奎元覺得渾身不自在，無法正眼看向他們，就只盯著前面看。而花英雖然嘴上說著「麻煩你們了」，但臉色難看得很。

計程車出發後過了二十分鐘，花英臉上的表情依然沒有好轉。一直偷瞄他臉色的奎元用低沉的聲音安撫他：

「放心，我會保護您的。」

聽見這句話，花英笑得一臉燦爛。受到那個笑容鼓舞，奎元又補道：

「您別太擔心。」

花英一聽，又笑了。

花英之所以會笑出來，一半是因為奎元說的「我會保護您」這句話很天真，另一半是傻眼到不禁失笑。他剛才的那句話太過單純，如果被他的家人聽見了，都會把嘴裡的食物吐出來。奎元眼中的花英，跟他人或花英眼中的自己的確有點不一樣。而奎元看起來非常強悍，實際上也的確是個很強悍的人。

到家時，怒氣也稍微平復下來了。花英心想，等等回家吃完奎元為他做的飯後，既然是久違的假日，要是能跟奎元一起做點什麼就好了。可是當他看見住家大門上被人用噴漆寫著「變態的家」後，表情又緊繃起來。

「得先用紙之類的東西遮擋一下，再去買油漆了。」

奎元看著塗鴉，輕聲低語。他在皺著眉頭的花英身旁打開門，問道：「您不進去嗎？」

花英說：「當然要進去。」聲音中再度帶著怒火。

花英坐在沙發上，想著自己與誰有私人恩怨，奎元則忙碌地來回走動。他把花英家裡掛在牆上的月曆撕下來，先大致貼在大門上，把字蓋住，接著就去做飯。

「請慢用。」

如果是別人為他準備的飯，花英連碰都不會碰，但此刻花英從沙發上站起身，走向餐桌。雖然他正處於煩躁的狀態，可是飯菜很美味，吃著美味的料理，心情就逐漸好轉了。而且奎元勤勞地為他倒水，吃飽後又問他要不要喝咖啡，讓花英的心情更好了。

想像著奎元穿著圍裙的樣子，花英的心情就完全放鬆下來，面帶微笑地說：「請再給我一杯咖啡。」然後裝可愛用雙手捧著杯子，遞給奎元。

花英裝可愛的模樣對奎元非常有效，除了玩性愛遊戲的時候，花英就是個可愛、善解人意的男人。一旦板起臉就很冷漠，但那是精緻美貌散發出來的氣息。花英大部分的時候都面帶笑容，從一開始看到奎元，就是個和藹可親、彬彬有禮的男人。

奎元心想著「真的好可愛」，為他斟滿咖啡。這時，花英說：「您也很會沖咖啡呢。」然後又笑了。雖然不知道那是跟蹤狂還是恐怖威脅，但不管怎麼說，兩人都玩得很開心。

吃飽飯後，奎元說要出去買油漆，花英只能硬著頭皮跟出門。油漆是可以調色的，花英笑咪咪地翻著色票。花英喜歡紫色的，但奎元勸他色彩太鮮豔的話容易成為目標，所以花英決定跟其他住戶一樣，漆成白色。

「您對這些真了解呢。」

花英輕輕吹了一聲口哨，感嘆道。跟單純去買油漆的花英不同，奎元考慮到油漆的著色效果、能維持的時間，買了許多類似油漆的東西。聽見花英的讚嘆，奎元倏地把頭撇開。

不知道的人看到會以為他是生氣了，不過花英發現他是因為害羞而躲避自己的視線，只在一旁笑。

DIY裝修商店的二樓有一家超市。奎元想得很周到，既然來了，就順便去買菜。他輕輕按了按水果，確認牛奶的有效期限，甚至連衣物柔軟精的成分都仔細確認。一旁的花英則隨手抓了自己想吃的東西就放進推車，當他們在超市裡繞第二圈時，雖然花英放的東西一個也不漏地都躺在推車裡，但大部分都是奎元確認過保存期限才放回去的。

「我第一次逛超市，嗯，這裡的東西確實比便利商店便宜，而且種類更多，真不錯。」

花英坦率地表示開心。他原本就是帥氣的青年男子，每次經過試吃區的時候，推銷的阿姨就會抓住他說「嘗一個看看吧！」，受到了特別待遇，花英也把拿到的試吃品都吃下肚。但這還不夠，好吃的他會再跟對方要一個，塞進奎元嘴裡。

奎元也不是覺得超市不有趣，可是大部分的客人看到他的臉不是馬上轉身離開，就是拿他跟花英做比較，讓他有點鬱悶。但就算鬱悶也改變不了什麼，他以前就經歷過不少類似的事，奎元早就有點心灰意冷了。

奎元把東西裝進箱子裡，拒絕了花英說要幫忙拿的提議，將箱子扛在肩上，然後為了叫計程車朝路邊走去，花英跟在他旁邊調侃道：「重嗎？需要幫忙嗎？我的力氣出乎意料地大喔。」

奎元低聲笑著回答道：「您繼續走，絕對不要回頭看。」

兩人攔了一輛計程車，花英在攔車時低聲問：「要不要我跑過去抓住他？」

奎元聞言，搖搖頭。

「我的目的不是抓跟蹤狂，而是保護您，所以不可以。而且距離太遠了，只要轉個彎就分不清誰是誰了。」

奎元讓花英先坐進車裡，之後對司機說：「請開一下後車廂。」然後把箱子放進後車廂裡。奎元拖延了不少時間，但依舊只有感受到對方的視線，那個人不打算靠過來。

這裡人很多，奎元也無法保證可以抓到人。既然如此，只能把對方引誘到家裡了。奎元關上後車廂，一坐到花英身旁，花英就咬牙切齒地道：「我一定要看看他長什麼樣子。」

「請問要去哪裡？」

奎元回答計程車司機：「汝矣島，不過請您開慢一點。」

聽見這句話，司機不耐地想說些什麼，但是從後視鏡看到奎元的樣子，就慌慌張張地閉上嘴。奎元盯著後照鏡看了好一會，撓撓下巴。

「對方沒跟上來呢，真傷腦筋。」

他的聲音聽起來非常理性，冷靜沉著的面容與玩調教遊戲時的清純相比，又是另一種魅力。雖然搞得很像臥底警察，但花英很滿意，因為他看過奎元私下玩起遊戲，就會哭著呻吟的另一面。

在住商大樓前下車後，奎元從後車廂拿出箱子，同時再次環顧四周，但沒有看到什麼特別的異狀。

「範圍應該可以縮小，好像是男的，身高一百八十公分左右。雖然不是百分百確定，不過對方的身高是平均身高。但是他離我們有點遠，將誤差範圍抓大一點會比較好。他知道您住在哪裡，也知道您的性向，還知道您常去的店，也知道您什麼時候會去那裡。」

奎元在電梯裡說著，接著又問：「這樣想的話，範圍是不是縮小了很多？」

花英沉默地站著，給了一個含糊不清的答案：「說小是不小，說大也不大。」

奎元從花英的回答中猜到了他想掩飾什麼，尷尬地抬眼望著天花板。即使如此，還是有很多人值得懷疑。換句話說，有很多人都跟那個地方有關，其中玩伴當然占了一大部分。

「不過，如果您有懷疑的對象，還請您告訴我。」

聽到奎元的話，花英含糊地點點頭。他沒有懷疑的對象，花英本來就不怎麼關心別人，也很少記住別人的臉或名字。而且這個圈子非常小，有建立起愉虐關係的人沒幾個，在「地牢」這種店裡隨心所欲是很稀鬆平常的事。其實即使建立了愉虐關係也會互相借用玩伴，怎麼可能記得住。

‡

「你最近心情很好喔，花英。」

聽見上司珠熙的話，花英不禁失笑。

「因為我有交往對象了。」

辦公室裡聽見花英這句話的人一起回頭看著他說：「咦？交往對象！」

對女人沒興趣，即使去高級酒吧接受招待，也一定會推掉續攤邀約的花英居然有交往對象了，真是晴天霹靂。辦公室裡隱約流傳著他搞不好是同性戀或變態的傳聞，那美麗的外表更助長了傳聞。在這種情況下，花英說的這句話就更令人震驚了。

「哇啊，那是什麼樣的人？」

連是個徹底工作狂的李珠熙也不禁感到好奇。聽到珠熙的提問，花英抬眼看著天花板一會，腦海裡想著某人的身影，開口道：

「他又高又瘦，該怎麼形容呢？是一個像貓的人，因為我喜歡貓。」

這句話讓男同事比女同事更感興趣。

「是性感的女人嗎？」

聽到同事這樣問，花英露出壞笑。

「平常是面無表情，但在床上……」

「床上？在床上怎樣？性感得要命？」

男同事紛紛將耳朵湊近花英，珠熙見狀大罵道：「女人也有權利聽這種話題，你們別這樣啦。」

「跟女人聊這種話題，不是性騷擾嗎？」

珠熙聽完就對花英說：「不要隨便亂貼標籤，快點從實招來。你看看辦公室裡女性同胞們亮晶晶的眼神啊。」

彷彿在附和珠熙的話，女同事們都紛紛抗議。

花英聳聳肩，說道：「好好好。他在床上……會大聲哭喊，非常漂亮。」

「哇啊，好變態──」辦公室裡響起驚呼聲。

就在男人們要追問細節時，花英檢查了一下整理好的桌面，然後站起身。

「我先下班了。」

即使同事們說著「居然棄我們而去，明明就是要去約會」、「居然拋棄我們去約會」等難聽的話，花英也絕不妥協。他的工作量就跟大多數的人一樣多，只是不加班罷了。花英相信加班會變成一種習慣，所以工作時他寧可捨棄上廁所的時間，也想盡量克制、減少加班。不過，最近這種想法變得更加強烈了，因為奎元在公司外面等著他。

花英一坐上被修理得完美無缺的賓士，奎元就駛動車子。

「我想了一下，尹幫是一個很大的組織，在跟蹤方面也有一套自己的本領，您要不要請他們跟蹤看看？」

奎元誠懇地提議，花英則反問道：「那也得知道對方是誰才有辦法跟蹤吧？」

「不是，是讓他們跟著您。這樣幸運的話，應該能抓到那個跟蹤狂。」

「嗯～」花英撐著下巴，看向窗外。

察覺到花英異樣的奎元透過後視鏡，確認後座的情況後問：「您怎麼了嗎？」

「您一天到晚都在講跟蹤狂的事。」

奎元聞言回答道：「因為這是工作。」

花英雖然輕點點頭，臉上的表情卻不怎麼認同。他暫時別開目光，輕聲道：「嗯。沒事，反正您晚上就會一直想著我了。」

奎元看見花英那張臉上摻雜著殘酷的笑容，慌張地挪開視線。

就像巴夫洛夫的狗[7]一樣，花英即使只是露出殘忍的神情片刻，奎元也甜得指尖發麻。逼近而來的快感讓奎元有點慌張，他不發一語地繼續開車。

花英彷彿看穿了他的狀態，也沒說話。沉默一直持續到兩人回到公寓，進了電梯，如同梅雨季一般潮溼的空氣在兩人之間流動。

輸入密碼後，奎元率先進屋，花英隨後進來。門還沒關上，花英就抓住奎元的衣領，把人推到牆壁上。差點做出反射性防禦的奎元勉強忍住衝動，欣然被推到牆上。

兩人的視線交錯，跟花英執拗的眼神相比，奎元的眼神有些飄忽游移。

「吻我看看。」

聞言，奎元的唇緩緩落下。他將唇輕輕貼上去，舌頭猶豫了一下後也探進去。探進花英嘴裡的舌頭生澀地在裡面攪動，使花英受傷的心一點一點地好轉。奎元的唇一離開，花英就冷嘲熱諷道：

「這雙唇還真是一點用都沒有，什麼都不會。」

7 巴夫洛夫的狗：作者伊凡·彼得羅維奇·巴夫洛夫是俄羅斯生理學家、心理學家，同時也是一位醫師。他對狗進行研究，率先提出古典制約等相關描述。他對小狗消化系統的研究讓他在一九〇四年得到諾貝爾生理醫學獎。

奎元聞言眨眨眼，雖然他慌張地低下頭，性器卻早已勃起，從外觀就可看出端倪。奎元羞愧得雙肩發顫，偷瞄花英的重點部位，但花英的褲頭沒有鼓起。

他一開始只是想偷看花英的狀態，卻越看越口乾舌燥——他好想喝下那個。

「把衣服脫了。」

聽見花英的話，奎元這才意識到自己正等待著那道命令。

他還在發愣時，花英低聲道：「延長五分鐘。」

奎元明白那是什麼意思，慌張地脫掉衣服。花英用露骨的眼神欣賞眼前的脫衣舞秀，奎元健壯的體態漸漸裸露在眼前。他拉扯領帶的樣子就像在拉扯項圈，煽情至極。曾在腦海中想過狗狗訓練(dog training)的花英，第一時間就捨棄了那個念頭，因為他本身不太喜歡動物訓練(animal training)。他喜歡的是貓或貓科動物，不喜歡馬或狗之類的。

感受到花英的視線，奎元刻意催促自己不自覺慢下來的手，身體顫了顫。

雖然花英是溫柔的人，在遊戲過程中也對他關懷備至，但痛苦不會因此消失。雖說承受痛楚就是這場遊戲的目的，不可能不會痛，但花英也有能讓人生不如死的一面。

奎元對此既期待又恐懼地脫掉了衣服。目前他接受過浣腸、聽從過打手槍的命令並學習了如何口交。浣腸液的劑量增加了，也嘗試過更羞恥的自慰方式，他還可以含著花英的性器品嘗甘露，如今都學會控制射精了。與其說是控制，不如說忍耐會比較正確。他會流著眼淚哀求花英，忍到花英說可以為止。偶爾忍不住的時候，也會向花英哀求別的事情。

「我可以堵起來嗎？」

花英每次聽見這句話就會咂舌。

「不像話。」

聽見花英的話，奎元又流下眼淚。

看著全身一絲不掛的奎元，花英正想說「從現在起，一回到家就在玄關把衣服脫了」，卻又閉上嘴——奎元沒有同意他們締結愉虐關係，自己只不過是個遊戲玩伴而已——這讓花英煩躁不已，但他沒有發脾氣，反而笑得很燦爛，同時打量奎元的眼角。

「今天得讓你哭得更慘。」

這句話讓奎元下巴一縮，那一刻，花英用指甲抓過奎元的眼角。

緩緩刮出傷痕的痛楚自是不提，這個動作還會令人心生恐懼，搞不好會戳傷眼睛。但奎元沒有閉上眼，只在花英刮傷他的時候從喉嚨發出痛苦的呻吟，身體一動也沒動。花英冷眼看著凝聚的血珠，沿著奎元的臉頰流淌而下。

「哭吧。」

聽見花英的話，奎元按照學到的「哭」了出來。

「喵～」

不過奎元知道，剛才花英說會讓自己哭得比之前慘，指的是真的流淚。奎元的背脊感到一陣甜蜜的酥麻感，期待跟恐懼使他的心臟開始怦通狂跳。

「我去洗個澡再回來。」

花英留下這句話離開後，奎元就開始呻吟。

他不是在抗議花英的話，而是因為忍受不了在肚子裡翻騰的液體。一傳來浴室門關上的聲音，奎元就開始渾身發顫，發出呻吟。

「計時沒有意義，就再加五十毫升吧。」

花英這麼說完，將針筒扔給奎元。他笑著對擺出浣腸姿勢的奎元說：「你試試看。」

奎元的臉頰在地毯上磨蹭。這是之前去買油漆時買的地毯，當時花英把地毯貼在奎元的臉上，認真地問他哪個比較好。那時候奎元隨意回了幾句話，不過現在他知道花英那時為何要問他那些了。

他難以承受痛苦，用臉頰在地毯上磨蹭，同時渾身顫抖。一開始浣腸時，花英會在奎元的後穴插入按摩棒。那讓他覺得非常羞恥，但如今他才明白，花英的那種行為趨近於慈悲。現在沒有東西堵住後穴，所以奎元只能抓著地毯，用力夾緊後穴。

痛楚在肚子裡不停打轉，有一股便意湧上，想快點排泄出來，之後慢慢沉澱下來，接著又如同海嘯再度襲捲而來。他已經克制不了呻吟聲了，奎元緩緩地在地上爬行，一步步都比美人魚更舉步難艱。他爬到浴室門口偷聽水聲，每當水聲停下來，他就期待著花英是不是洗好了？他是不是馬上就會用毛巾擦著頭髮走出來？可是每當這個時候，水聲會再度響起。

水聲令他想起馬桶的沖水聲，每次想起，他想排泄的渴望就越強。

「唔唔嗯……嗯……唔呃……！」

每當裡頭傳出水聲，奎元都小聲哭喊。

花英什麼時候才會洗好？他現在在幹嘛？

即使奎元拚命地動腦，但不論問題是什麼，都會以「我什麼時候可以坐上馬桶？」結束。

他想排泄，如果花英允許，要他做什麼都願意。奎元冷汗直流，這時，浴室門終於打開了，光著身子的花英走了出來。花英與平日不同，沒有完全擦乾身體就出來了，但奎元已經失去了理智，無法好好看清花英的模樣。

奎元爬到花英腳邊，輕舔他的腳背，「喵～」地哭個不停，這是他哀求花英的極限了。

花英低聲道：「唉……貓跟狗本來就不一樣，沒什麼耐性，但這樣也太沒耐性了。真是自制力薄弱的屁股，真隨便。」

浴室地板當然溼答答的，但即使地上滿是泥濘，奎元也願意進去。當因為劇烈的疼痛而低聲呻吟的奎元爬進浴室時，花英開口：

「雖然貓大部分都是在貓沙上廁所，但你是特殊的貓，想必也能在磁磚地上上吧？」

花英的這句話讓奎元咬緊牙關，眼淚撲簌簌地落下。

他懇求地看著花英，花英則威脅道：「怎麼了？快啊，還是要再讓你忍久一點？」

奎元不得不蹲在地上，花英見狀後噗哧一笑。

「嗯，很好很好。」

花英的雙肩微微發顫，笑了，但那不是嘲諷的笑，而是純粹開心的笑，使奎元有些不知所措。

雖然很丟臉，但他知道如果遮住臉，花英會更殘酷地折磨他，所以沒把臉遮起來。然而，他實在沒辦法直接在這裡排泄出來，躊躇不決，卻又幾乎忍到了極限。滴答、滴答的聲音一響起，一陣爆裂音隨之傳來，同時伴隨著液體流出。

爆裂音響起的那一刻，淚水從奎元的眼裡落下。

花英喜歡浣腸的原因並非喜歡看那骯髒的排泄物，而是臣服者的淚水。這項行為基本上是不可告人的，對男人來說更是種恥辱，因為比起分享或展現出來，男人是一群更習慣靠自己的能力去爭取的人。

奎元忍住淚水，雙眼通紅地站起來，而花英看著他排泄出來的液體，輕聲嘲諷：

「原來你已經準備好了，是你自己動手的？」

聽見花英的話，奎元拿著蓮蓬頭沖水並點頭。因為無法忍受不斷浣腸的羞恥感，所以奎元先自己做完浣腸才過來，似乎非常不喜歡在別人面前排泄。

「誰准你擅自那麼做的？」

花英一邊說一邊指著沙發。

「去那裡趴下。」

奎元倏地低下頭，但還是按照花英教的，在花英面前把後穴擦乾淨，然後彎下腰，露出後穴，就像孩子刷完牙後要給媽媽檢查。

花英假裝仔細查看那怎麼看都乾乾淨淨的後穴，用力拍了一下奎元的臀部，發出「啪！」的聲音，使奎元感到更羞恥。

那是「可以了」的意思。臀部挨了一下的奎元渾身一顫，繃緊身體。花英知道他不是因為痛，而是因為快感。

確認完浴室裡的環境，關上電燈、關門後，花英看向書櫃下的手拍跟皮鞭。光是新手就夠讓花英費心了，奎元又是傭兵出身，可以將他視為普通玩家嗎？雖然可以的話，花英想跟奎元討論玩法，但奎元太害羞了，這個話題終究無法延續下去。

花英拿起最常見的手拍，低頭俯視奎元瑟瑟發抖的背影，用手拍的前端從奎元的頸項滑到臀部。雖然被手拍觸碰到的地方會隨之顫抖，但奎元如今似乎養成了習慣，會主動把臀部抬高。

他很期待。

當手拍掠過股溝的那一刻，奎元倒抽了一口氣。花英彎下腰，對奎元輕聲問道：

「期待挨打嗎？」

奎元沒有回答，花英便咬上他的耳朵，但奎元幾乎沒有出聲，只有發出「呼！」一聲，屏住氣息。

「回答我。」

奎元知道如果三秒內沒有回答，就會受到嚴厲的懲罰，因此小聲答道：「是。」

「是什麼？」

花英執著地追問，奎元最後不得不回答：

「我很期待挨打。」

奎元聲音發顫，可憐地一字一句說著。作為獎勵，花英輕吻上他的臉頰，並在奎元因為這個吻閉上眼的瞬間，用手拍猛力拍打奎元的臀部。花英看著放鬆的臀部緊緊繃起，低聲道：

「你是我的奴隸，奴隸貓。排泄也好，吃也好，哭也好，全都必須經過我的允許。但你卻自己進行浣腸？」

語畢，又一記毒辣的拍打落上臀部。挨打的時候很痛，但手拍落下的次數越多，奎元就越為這股炙熱瘋狂。疼痛與火熱並存，難以忍受到想貼到冰冷的牆上。就在他想乾脆讓臀部發燙到麻痺時，花英不再抽打，撫摸著他的臀部。雖然動作輕柔，但光是那樣就讓奎元感到陣陣刺痛。花英第三次拍打臀部時，奎元小聲地喊道：

「喵～」

花英說著「好像人在模仿貓，聽了讓人心情很差」，同時抬起奎元的頭，輕輕打了一下他的臉頰。

奎元又喊了一次，盡其所能地模仿。

「喵～」

見狀，花英帶著稱讚的意思摸摸他的頭，問道：

「怎麼了？」

「請您允許我……把前面堵起來。」

奎元垂頭喪氣到令人憐憫的地步，苦苦哀求。

「你自己忍不住嗎？反正我沒抽插後面，你也不能高潮啊。」

花英用溫柔的嗓音道。聽見那揶揄的口吻，奎元嘟囔地說：「但、但是會流出來……」

「這放蕩的屁股現在已經不用插進去，光是挨打就想射了啊。」

花英用言語羞辱完奎元後同意了。

一得到允許，奎元連忙說：「謝謝您。」隨即用手抓住自己的性器。手剛抓住，他就意識恍惚起來，好想滑動。

他的手不自覺地滑動兩三次時，一記猛烈的拍打落在臀上。

「啊啊！」

奎元高聲尖叫。他差點射了出來，卻用手奮力堵著前端。要是不小心射出來，花英一定會生氣。

「我不允許你幫自己浣腸。」

花英在他耳邊咬牙切齒道：

「如果你以後未經我的允許，擅自做出這種事，我不會放過你。我會在你勉強可以灌入四百毫升的屁股裡注入一千五百毫升的浣腸劑，用鞭子打到你皮開肉綻為止。黃金浴應該會很爽吧？嗯？要我跟你玩那麼狠的玩法嗎？」

花英大聲喝斥並抓上奎元的臀部，奎元則搖搖頭。

其實讓臣服者最恐懼的話就是「我要把你交給其他支配者」，或「我不要你了」之類的，但花英不會說出無法實踐的威脅。

「好，你說說看，你覺得要挨打幾下，我才會原諒你對我的無禮？」

雖然這只是不小心做錯事，卻也是可以表達自己能忍受幾下的管道。奎元極其害怕花英問的這個問題——不是因為怕痛，是怕違逆花英的意思——因此他搖搖頭。

「不管幾下，我都能承受……」

花英的心情再度好轉，奎元為了哄花英開心，使出渾身解數。他在臀部被狠狠鞭打到滿是瘀血的狀態下，小聲說出「不論幾下都行」的模樣可憐至極，讓花英覺得他絕對無法把奎元讓給別人。

因為人渣支配者會利用奎元的這個特性，真的虐待他。玩法不會止於遊戲，有非常多人甚至扭曲臣服者的人際關係，花英不能讓奎元被調教成那樣。他發誓，一定要抓緊奎元，為了奎元著想，跟他在一起也是最好的。

當然，這對花英而言是再好不過的事。若要說真心話，這只不過是花英自己不想放過奎元罷了。

「如果我想留下永久的傷痕呢？」花英問道。

他無法理解自己為什麼要讓奎元如此為難，為什麼要問他這種試探性的問題。他現在做的事，即使臣服者不奉陪也合理。永久的傷痕？那可不是遊戲玩伴可以做的事，但奎元幾乎沒有猶豫——經過不到三秒鐘——就點頭答應。

「我願意，我可以。」

奎元的聲音聽起來拚命至極，花英的手指滑進股溝間隙，在穴口揉了揉後問道：

「留在這裡也可以？」

「是，哪裡都行，哪裡都可以……！」

奎元泫然欲泣。

花英在他背上落下溫柔的吻，說：「用這邊將就一下吧。」

他的手碰上奎元的乳頭，這是要在乳頭上打洞的意思。

奎元因為這份屈辱而渾身發抖。一想像到在乳頭上打洞的疼痛，就讓腫脹到極限的性器更加發疼。他想現在就射，他忍到了極限。

奎元咬緊唇渾身發顫，像貓一樣拱起背部，彷彿只要稍不注意就會射出來。連磨蹭都不需要，他的手心已經溼成一片了。

淚水滑落，奎元緊緊咬住牙關忍著，但眼睛碰到了什麼。

抬眼一看，花英就站在他面前，而且他的性器就在奎元眼前。花英極為碩大的性器直挺挺地聳立著。鞭打、怒吼、折磨奎元的同時，花英也興奮得不得了。

「可以吃喔。」

花英大發慈悲的許可一落下，奎元就急忙將花英的性器含進嘴裡。自從他與花英成為這種關係，他的嘴唇總是有著撕裂傷。因為他以為傷好了時，又會含住花英的性器。

「啊，唔……表現不錯，進步很多……真的做得很好……」

花英不斷稱讚奎元，受到讚美鼓舞的奎元則用嘴緊緊吸附著花英的性器。

他依照這段時間花英教導他的動作做。用嘴唇含著，用舌頭撥弄龜頭，用喉嚨接納性器，頭更前後擺動。光是想取悅花英、想看到花英高潮的樣子，他就興奮到精神恍惚。

花英的性器馬上噴灑出白液，奎元熟練地將液體吞了下去。

花英嘴角一彎，命令道：「坐在沙發上。」

奎元還無法射精，自己堵著前面的出口。

「腿張開。」

奎元聽從花英的話，坐下並打開雙腿。

「再張開。」

聞言，奎元沒有絲毫猶豫，以雙腿抬在空中的姿勢把腿張得更開，生殖器赤裸裸地展現在眼前。奎元用手堵住已經勃起許久，青筋暴起又具有威脅性的性器，等著花英的命令。

「手拿開。」

奎元聽話地鬆開手。雖然為了不讓自己在得到花英的許可前就射精，他用力堵著前端，可是還是流了一些出來。但因為是一點一點流出來的，所以他現在完全沒有射精後的清爽感。

「自慰看看。」

聽見花英的話，奎元將手指放入後穴，動作熟練地打開穴口後塞進三根手指，開始抽插起來。他完全不能碰前面，因為花英禁止他碰。

「請您允許我射精。」

奎元的嘴裡說出如今熟練許多的懇求：

「嗯嗯、呼……啊啊啊，請您，唔唔嗯……請、請您允……哈啊、哈啊！允、許我……唔唔唔唔唔嗯！」

明明連話都無法好好說出口，卻依然努力地徵求許可，這模樣真可愛。花英很好奇，他對奎元是如此著迷，那奎元心裡究竟是怎麼想的呢？花英有些苦澀地允許道：

「射吧。」

那一刻，奎元的嘴裡發出一陣悲鳴。

「呼啊啊啊啊啊～啊啊啊啊，主、主人，呼啊、啊────────！」

奎元完全沒有觸碰的前端噴濺出不透明的液體。

在奎元喊出「主人」的那一刻，剛才射精過的花英再次勃起。花英不發一語地坐到因為方才的快感，癱軟在沙發上的奎元身旁，一把拉過奎元的頭髮。

奎元撐起疲憊的身體，而花英指著自己勃起的性器說：

「你自己放進去。」

聞言，奎元滿臉通紅地站起來。他跪立在沙發上，將花英圈在雙腿之間，然後慢慢坐下。

「後穴不是還開著嗎？拖拖拉拉的。」

面對花英的辱罵，奎元發出「唔嗯」的呻吟聲。就在奎元好不容易將龜頭放進去，發出安心的嘆息聲時，花英將奎元的腰用力壓下去。奎元因此受到彷彿腸胃下沉的衝擊，張大了嘴。

花英抓著奎元後腦杓的頭髮親吻他，並恣意搖晃體格比自己壯碩許多的奎元。奎元像玩偶一樣晃動搖擺，同時慘叫出聲。花英氣喘吁吁地問：

「啊，呼……喔！呼啊……怎樣？嗯？說說看，喜歡嗎？呼……照我教你的說啊，唔！快點！」

花英猛烈擺動腰肢，提出要求後，奎元開口道：

「喜歡，真……的，啊！呼嗯……啊啊啊啊啊——唔嗯，我喜歡！啊，那裡、那裡太舒服了，哈啊、啊啊！唔，非常、非常……」

奎元的雙唇忘了羞恥。而花英再次要求道：

「再多說一點，呼、啊啊！再多說一點！哪裡怎麼樣？呼……是怎麼樣的感覺？說說看，唔、唔！像昨晚那樣。」

聽見花英的話，奎元緊攀住他的肩膀，「我應該很重才對」的擔憂從奎元的腦海中消失無蹤。他回想起花英昨晚教他的那些露骨、低俗的話，為了取悅花英而意識朦朧地說道：

「好大……好硬……唔嗯、啊啊啊啊！肉棒，我喜歡肉棒……嗯，我是專屬於……專屬於……主人的、呼唔！啊、嗯，專屬主人的……騷貨……哈啊啊！」

聽到「騷貨」這兩個字，花英用力頂進奎元的體內。

感覺花英頂到最深處，馬上湧出一股熱流時，奎元用盡全力夾緊後穴。為了讓花英滿足，經過訓練後自動夾緊；為了跟滿足的花英保持一致的步調而夾緊；為了不讓自己在未經許可的狀態下射精……奎元因為各種原因，夾緊了後穴。

奎元聽到花英講出「這個後穴裡面太舒服了……啊啊啊啊！」時，他既喜悅又感動。不過即使如此，他也得把花英教他說的話完整說出來。奎元說：

「我是專屬主人的騷貨。」

那是奎元所期盼的。他不曉得花英對他的興趣會持續到什麼時候，但他想成為花英的所有物。跟以前心急地想成為某人的奴隸不同，如今對奎元來說，他只有花英。

奎元再次說出花英喜歡聽的話，代替「我喜歡你」這句話。

「我是專屬主人的、專屬於主人的、騷貨……」

粗獷的嗓音、壯碩的身體、凶惡的臉龐……雖然沒有一點值得奎元炫耀，但他想成為花英的專屬奴隸——這是靦腆的奎元無法大聲說出口的話。

花英彷彿聽見了奎元的內心話，輕吻上奎元的唇並說：

「你可以射了。」

聽見花英的命令，奎元抓住花英的肩膀，自己動了起來。他頂上敏感點，毫不掩飾自己的快感。

花英用有些怔愣的臉龐望著奎元，那個神情像在玩遊戲一樣殘酷。奎元很喜歡他的那副表情，想把自己所有的一切都展現給這個唯一觸碰到自己祕密的人看。

「好舒服，好舒服。」

他依照花英的期望呻吟。後穴太舒服，就快融化了。又大又硬，太舒服了。

「嗯、啊啊啊……請您允、允許我射精，啊啊！主人的那個太大了……啊、啊啊！請您允許我……」

花英看著奎元不斷哀求的模樣，將奎元粗魯擺動、滿身大汗的身子緊緊抱進懷裡。

「我說你可以射了。」

聽見花英輕聲低喃道，奎元大聲喊著「啊啊、謝謝……嗯~啊啊啊啊啊！您……啊啊啊啊啊啊啊！」，然後達到高潮，後穴再次緊緊夾起。

花英靜靜地聽著奎元的心跳聲。他喜歡奎元，真的很喜歡他，不是因為遊戲，也不是因為奎元的身體，只是喜歡他這個人。但對奎元來說，花英只不過是他的「主人」，而且，和第一個遊戲玩伴透過愉虐關係，順利發展成戀人的情況很少見，所以花英既鬱悶又傷心。雖然做了一場滿足的性愛，內心卻空蕩蕩的。

花英心想「但這具身體現在還是我的啊」，跟普通的同性戀情侶相比，他可以更自由地顯露出自己的占有欲，所以，就算奎元對他沒有別的心思，但他顯然很喜歡自己這個主人。如果不是這樣，他不可能同意在乳頭上打洞。

緊緊抱著直不起腰，渾身顫抖著射精的奎元，花英閉上眼。沒事的，他還沒被甩，也還沒正式發動攻勢，沒理由這麼沮喪。

花英總是會在性愛結束後揚起笑容，用嚴肅的聲音說「結束，我去洗澡了」。但他現在依然抱著奎元不動，讓奎元開始有些困惑。

性愛應該結束了，花英卻跟平時完全不一樣，奎元不曉得自己該怎麼做，猶豫片刻後緊抱住貼在他懷裡的花英。他用後穴裹住花英的性器，用雙腿纏上花英的腰，用雙手將花英納入懷裡——他用他整個人抱住花英。

雖然被打得慘兮兮的臀部光摩擦到就發燙刺痛，但奎元無視這一點，他想抱抱花英。

「我呢，很討厭主人這個稱呼。」花英輕聲低語。

「那您喜歡哪種稱呼？」

奎元一問，靜靜不動的花英回答道：

「花英。」

聽見這個回答，奎元沉默了一會，小心翼翼地提出折衷方案：「不、不能叫您花英先生嗎？」

他既是委託人的弟弟，又是支配者玩伴，要奎元直呼他的名字有點尷尬。

花英點點頭。

「這樣也行。」

奎元輕輕拍了拍花英的肩膀說：「我知道了。」

‡

花英一如往常，抓住洗漱乾淨、穿戴整齊後打算離開的奎元。

「不痛嗎？」

奎元不曉得花英是什麼意思，直看著他，滿臉通紅。

「我沒事。」

那張臉看起來很堅強。現在想想，花英滿嘴稱讚可愛的這個男人可是獨自闖過了人間煉獄，年紀還比花英大，即使沒有花英，他也能獨自完成任何事才對。一那麼想，花英就有了一些壞主意。

他故意沒幫奎元的身體上藥，奎元卻打算就此離去，這讓花英想若無其事地對他笑卻笑不出來。

奎元本來想離開，但他還是走到床邊跪在地上，抬頭看著花英。

「您的臉色不太好，有哪裡不舒服嗎？」

花英正想說他好得很，奎元又問道：「要不然，我別走了？那個，當然是如果您不希望我走的話……」

一聽見奎元的這番話，花英就著急地脫下奎元的衣服。領帶在一瞬間被解開來、扔到一旁，上衣跟褲子也一樣。

「這、這樣好嗎！」

花英一把抓住想逃跑的奎元，連內褲都脫掉後，朝奎元拍了拍床鋪。

「來，趴下，我們來上藥吧。」

心情突然好轉的花英輕聲哼著歌，拿了醫藥箱過來。奎元趴在床上，而花英看著他的臀部，好一陣子沒說話，使奎元頻頻回頭望向花英，並說：

「我沒事，這點小傷不算什麼。」

但花英根本沒聽進去。他拿來切成薄片的牛肉，放到奎元的臀部上。奎元被冰冷的觸感嚇了一跳，之後才反應到自己的屁股上放著肉，很是驚訝。

奎元阻止花英：「不可以這樣對待食物。」

花英則回道：「現在立刻消腫才是最要緊的。」

奎元聽從花英的話，乖乖趴著，另一方面又覺得無法理解。在他趴著的這段期間，花英開始拿著藥膏，幫他東塗西抹，接著也小心翼翼地用棉花棒沾取藥膏，抹過奎元的眼角。

「還好嗎？暫時會有一些傷口。」

奎元沒有回答花英的話，反倒丟出讓人意想不到的問題。

「您總是會這麼做嗎？」

聞言，花英塗抹藥膏的手一頓，垂眼看向奎元。

「您說事後處理嗎？老實說，事後處理是一定要做的，我認為支配者共享臣服者的肉體一起玩耍，所以若臣服者必須承受肉體上的後果，支配者就必須承擔所有情況的後果。」

花英這麼說完，奎元面無表情地點點頭。

被奎元點頭的舉動傷到心的花英又補了一句：「但我沒有為他們做到這種程度。」

「這種程度？」奎元像鸚鵡一樣覆誦。

花英掰開奎元渾圓緊緻的臀部，那一刻，奎元的身體猛然顫了一下。花英努力不讓自己表現出被臀部吸引的模樣，一邊替奎元的後穴上藥。

看著紅腫不已，有些殘破不堪的後穴，花英覺得這幾天得克制點了。

「啊，對了，既然想到了，我就順便跟您說。雖然我不能控制您的行動，但是可以的話，請不要自己浣腸。如果您做過了，也請先跟我說，因為浣腸這個行為是會上癮的，太常做對身體不好。」

花英的這番話聽起來像在保持距離，讓奎元輕聲嘟囔道：「……可以控制我。」

沒聽清楚奎元說什麼的花英把耳朵湊過去。

「您說什麼？我沒聽清楚。」

奎元慌張地搖搖頭。

「沒什麼，因為您說您沒替其他人做到這種程度，我不曉得這個程度是哪種程度……」

「我的意思是說，像這種柔和的玩法，我是不會幫他們做善後處理的。」

聞言，奎元的肩膀一顫，向花英問道：「您說柔和？」

「那當然，屁股都沒打到四十下。四百毫升浣腸、輕打屁股、自慰這點程度不是最基本的嗎？」

這麼說的花英看起來令人害怕。不過，花英本人用慵懶又愉悅的表情爽朗地問：

「還有哪邊受傷嗎？」

奎元搖搖頭，花英就把醫藥箱放回原處，關燈，然後在奎元身邊躺下。他低聲細語道：

「雖然很難受，但您今天就趴著睡吧。我聽認識的臣服者說，牛肉對瘀青是最有效的。」

花英是怎麼認識臣服者的顯而易見。奎元閉上眼，因為不曉得自己對花英而言是什麼樣的存在，心裡鬱悶不已。

驀地，奎元覺得眼睛有點癢而睜開眼，只見花英的手輕撫著他的臉。

「吵醒您了？」

花英小聲詢問後，奎元點點頭。

花英的手指撫過奎元的臉，指尖緩緩描繪著奎元的臉部線條時，發現奎元只看得見模糊輪廓的臉龐宛如未知的世界。雖然奎元長著一張有如野生大貓的容貌，但他是個成年男子，假如奎元拒絕，更是花英連碰都不能碰的對象。

那麼一想，花英的內心深處湧上一股占有欲。但他不是小孩子了，他一路走來學會了克制自己的感情，也會體貼對方。

「專屬我的騷貨。」花英喃喃低語。

奎元聽見性愛途中自己講過的話，雙頰突然漲得通紅。想起當時湧上心頭的激動，奎元有些不知所措，但幸好黑暗掩蓋住了他的臉。

不曉得花英是否知道奎元害羞了，他再次喁喁細語：「專屬我的騷貨。」

那聲音十分甜美，不論是聽見的耳朵還是理解的大腦，似乎全都麻痺了。奎元稍微鼓起勇氣，戰勝自己的羞澀後握住花英的手，將自己的唇貼上花英的掌心低語：

「我是花英先生的騷貨。」

不曉得花英聽到這句話後，臉上是什麼表情，但奎元猜他應該不討厭，因為他馬上拉過奎元的頸項，給了一個濃烈的吻。

奎元不斷回應著這個不停輕舔唇瓣，像要結束卻無法結束的吻。

‡

花英是因為某人的手醒來的。溫柔、細心的手讓人覺得「唯有深情的人才有辦法這樣觸碰人的臉龐」。

奎元撫摸著花英的臉頰，將他的頭髮輕輕往上撥，小小的舉動令人感到舒服，花英努力不讓自己睜開眼。雖然已經從睡夢中緩緩醒來，但他怕奎元把手收回去而一直閉著眼。不過即使花英努力裝睡，奎元的手還是停了下來。

「花英先生，您是不是醒了？」

他是怎麼察覺的？

花英說了聲：「早啊。」勾起懶洋洋的笑容。

奎元回道：「早安。」然後打算從床上起身的瞬間，手腕被人抓住，他低頭看向花英。

透過百葉窗縫隙灑進來的陽光像是薄紗，蓋在花英臉上，他面帶微笑，有點紅腫的厚實嘴唇讓清晨朦朧的臉龐帶著一點性感。

看到美得讓人窒息的男人露出嬌媚的笑容，奎元臉上不動聲色，內心卻不知所措。像是察覺到奎元的慌張，花英要求道：「吻我。」

奎元的脣緩緩落下，將舌頭探進花英的嘴裡。奎元把花英的身體圈在雙臂之間，用手臂支撐著體重並親吻他，花英則將手環上奎元的脖子。這個吻甜美又令人喜愛，無法輕易停下來。

但是，奎元突然一把將花英推開，花英「咚！」地倒在枕頭上。

不知所以的花英眨眨眼，奎元卻往外衝。看著那道背影，花英的腦海裡想到一些不得了的畫面。那畫面有點像電視劇裡的場景，一對年輕男女在美妙的氣氛中低聲交談幾句時，女人突然衝進廁所裡乾嘔，男人在她身後問道：「難道……？」

花英搖搖頭，發現自己不知不覺間將腦海中想像的女人，替換成了奎元。雖說只是想像，但這種想像也太超過了。花英慢悠悠地走出房間，越往外走，他就越明白為什麼奎元會衝出來了。

有一股燒焦味，因為奎元剛才在熱飯菜。奎元站在瓦斯爐前低頭扶額。

「燒焦了嗎？」

花英走到奎元身旁偷瞄了一眼，鍋子裡慘不忍睹。也對，如果算到奎元撫摸他臉龐為止，確實是過了很長一段時間。

花英心裡想著這樣正好，奎元卻茫然自失地呆站在原地。花英輕吻上他的額頭，問他：

「要不要去約會？」

「你居然要穿這麼嚴肅的衣服跟我約會，這對我來說是種侮辱。」

花英說完，要求奎元二選一。

「你是要換套衣服再去，還是要去買衣服？」

聽到那句就跟「我買衣服給你」一樣的話，奎元一如花英所想，說要繞回家換衣服。

花英露出會心一笑，這是他第一次有機會踏進奎元的家。

奎元家是一間小套房。位於大學附近的套房既小巧又寒酸，卻乾淨整潔。奎元是一個很會過日子的人，光看他家裡的樣子，就能充分感受到他很會做家務。作為客人待在這讓人感到乾淨、溫暖又整潔的房子裡，就讓人想羞辱他。

偏偏這是一間套房，當奎元為了換衣服而在花英面前脫去衣物，那股欲望就更強烈了。

看到奎元把衣服都脫掉後掛起來，只穿著一件內褲找褲子的模樣，花英彷彿聽到了理智線斷裂的聲音。他走到奎元的身後，用手指在他背上慢慢寫字——小騷貨。

霎那間，奎元的背僵了一下。花英的手探進內褲裡，而奎元連回頭都做不到，渾身發抖。

隨著玩遊戲的次數增加，奎元的身體就抖得越厲害，花英很清楚那是期待造成的。

他抓住奎元的臀部，故意豎起指甲一動，上方傳來一陣呻吟。

「唔嗯……！」

花英坐在奎元的床上，命令奎元趴在他的膝蓋上。

奎元聽從花英的話趴著。他的身材比花英高大，所以這副模樣很滑稽，但花英沒有笑，奎元也完全不覺得那滑稽的姿勢很好笑。

他昨天第一次嘗到挨打的滋味，今天就趴到了花英的腿上。一想到花英纖細美麗的手要鞭打自己的臀部，心臟就怦通亂跳。他內心同時有兩個念頭交錯，想躲又不想躲，又因為太害怕，反而希望早死早超生。昨天挨打的臀部現在依然陣陣作痛，可是他覺得那股疼痛近似於甜美的滋味。

花英用他纖細又有魅力的嗓音命令奎元：

「我打一下後，你就數數，再說謝謝您。要是數錯就重來，每打十下……」

花英沉默了一會，然後低喃道：

「你就喵一聲。如果你做得好，我就獎勵你，把牛奶射在你臉上。」

聽見花英說要射在自己臉上，奎元渾身顫抖。如果花英射精，那些液體就會沾滿他的臉，那股黏膩感會讓奎元看起來十分悲慘。

「你知道嗎？精液是從尿道射出來的。跟女人不一樣，男人用的是同一個洞，那就跟尿在你臉上沒兩樣。」

然後，花英摩娑著奎元紅腫的穴口。

「就算我把你這淫蕩的屁股當成馬桶用，你的屁股也會鬆掉，女臣服者也沒這麼廢。」

指責的話讓奎元輕聲呻吟。

「唔唔嗯……」

那一刻，花英的手掌狠狠打在他的臀瓣上。奎元「唔……！」地呻吟一聲，輕聲低語。

「一、謝謝……您。」

花英輕吻奎元的後頸，稱讚道：

「不錯嘛，我還以為你忘記了。」

花英的手再次動了起來。感覺到臀部從火辣刺痛轉為疼痛，再轉為痛苦，然後轉為發燙的感受，奎元慢慢地哭了出來。如果都是痛楚，他忍得住，但若是介於疼痛跟快感之間模稜兩可的痛就不一樣了。

奎元挨打的同時勃起了，花英則時不時問他：「舒服嗎？」他必須回答說：「舒服。」

花英拍打著臀部，有時還會撫摸後穴。花英絕不進入他的體內，卻又給予濃烈的愛撫，使奎元哭了出來。他竭盡所能地模仿貓的叫聲，不停發出「喵～」的聲音。

「四十……喵～」

規律的晃動讓他持續勃起，奎元心想如果花英不進來，希望可以更用力搖晃他。他覺得再晃得激烈一點，自己就會高潮了。

痛苦與快感交織，花英對處於這兩種感受之間的奎元施加壓力。不斷有液體從花英腿上那垂頭喪氣的性器中滴落，慶幸的是，打人的花英也興奮起來了。碰觸到奎元睪丸的花英性器早就直挺挺地站起來了。

「忍得很好。」

花英稱讚奎元並撫摸他的頭。

終於四十下了！奎元咬緊著唇。他會咬牙忍著，都是因為突然湧上的嫉妒心作祟。

花英昨晚說過「這麼柔和的玩法……」。花英是經驗豐富的支配者，想必也鞭打過其他臣服者，這番話聽起來就像在說他作為一名奴隸有多不稱職。奎元很不甘心，他認為自己可以再忍受下去。不過，花英又補了一句：

「你身為一隻貓太淫蕩了，我還以為你馬上就會射了。」

花英命令奎元「去下面」後，奎元幾乎是用爬的爬下去。

花英在奎元面前張開腿，奎元還以為花英馬上就會命令他把性器放進嘴裡，但花英出乎意料地什麼也沒說。

奎元有些坐立不安，他跪坐在花英的雙腿之間，等待花英開口。屈膝跪在地上忍受著尷尬的沉默，奎元不知不覺地上下擺動著身體。他想射精，但是他不能在花英射精之前高潮。然而花英默不吭聲，欣賞著奎元擺動臀部的景象。

奎元越情不自禁地上下擺動身體，花英的性器就漲得越大。他正在欣賞奎元的這副模樣。

奎元觀察著花英的臉色，將脣貼到花英的腳上。

「喵～」

他喵了幾聲，把花英的腳趾含進嘴裡，讓腳趾沾上滿滿的唾液，然後再次喵了一聲。他好難受，想高潮到受不了。

不管他怎麼忍，感覺一直有精液漏出來。奎元用臉磨蹭著花英的腳背，流下眼淚。一句話也不說的花英冷酷無情，奎元害怕他會一直沉默下去，因此拚命撒嬌，發出貓叫聲。就在他的聲音幾乎變成哭聲時，花英下了一個令人意外的命令。

「你上來自己放進去。」

如果是往常，他應該會命令自己口交。雖然那麼想，奎元還是立刻站起來。不過站起來的那一刻感覺就要射了，他只能交叉雙腿忍著，就像沒辦法去洗手間時一樣，渾身發抖。

他已經忘了讓花英看到自己這副糗樣的羞恥感，但花英彷彿在提醒他似的笑出聲，屈辱感加倍湧了上來。

那股屈辱感當然讓奎元更難受了。奎元扭動著健壯的身體，勉強坐到花英的腿上，將花英的性器抵在自己的穴口。當他想放進去時身子一僵，「喵～」地叫了一聲。看他一臉有話想說的模樣，花英再次笑了。

「看來你那碩大無用的東西沒有辦法好好忍住呢，因為你全身上下都騷到不行。」

看見奎元的眼淚從眼裡滴落，花英的身體開始發燙。他內心覺得奎元可憐，想幫他舔去淚水，但看見他這副模樣的反作用，就是身體會因為對方感受到的屈辱而興奮不已。

花英只要揶揄幾句，奎元的身體就會不停發抖，純粹是因為興奮。就算他因為羞恥心而僵著一張臉，性器卻更加挺立，這副模樣既可愛又煽情。

他用比花英壯碩的體格發出「喵～」的叫聲，更是可愛到令人窒息。

花英稍微拖了一點時間，然後允許道：「好。」

聞言，奎元用雙手堵住自己的堅挺，然後逕自將花英的性器放進甬道。他上下擺動身體，動作比剛才跪坐時更粗魯。

「唔、啊啊……啊！花英、花英先生，好舒服，嗯！哈嗯……」

花英要做的，是控制奎元已失去理智的身體。即使毫無遺憾地朝著高潮邁進，花英也緊緊抱住奎元的身體，以防他不小心摔倒。雖然奎元的腰比花英的腰粗壯，卻相當有彈性。花英抓著柔軟的腰肢擺動、入侵，奎元的嘴裡則流瀉出充滿喜悅的聲音。

「啊，好粗，好舒服……啊啊！好舒服，好舒服，啊，那裡好舒服……」

花英開口挑逗他，讓奎元的聲音聽起來更性感。

「哪裡舒服？嗯？呵呵，你好好說清……唔……楚，不然就會繼續、哈啊，這樣下去。」

最後抵擋不了花英的威脅，奎元吐出煽情露骨的話語。

「後穴裡面、嗯，啊啊！好……喔喔喔喔！好深，裡面要融化了，要融化了……啊啊！唔呼！啊啊……」

幾乎快被逼上高潮的花英說「抽出來」後，奎元勉強活動著因為快感而發麻的腰肢，將花英還沒射精的性器抽出來。

一抽出來，花英就將他推倒。奎元仰倒在床上，花英則爬到他的臉部上方。

「張嘴。」

聽見這句話，奎元張開嘴，花英的碩物隨即插了進來。奎元透過花英染上紅暈的臉龐還有粗暴的擺動，感受到他的興奮。嘴裡含著的堅挺炙熱無比，奎元收緊雙頰到臉頰發疼的程度，花英的胸口則劇烈起伏，抽插到一半時，突然勒緊奎元的脖子。

雖然只要奎元有一點反抗，花英就打算放開手，但奎元閉上了眼。他的喉嚨裡不斷發出難受的呻吟，似乎感到很舒服。

看到奎元被猛然抬高的下巴微微顫抖，唾液不停流淌下來，花英射了。他射精的同時大喊出聲，接著鬆開手，一股嚐不出滋味的白液射進極其乾涸的食道裡。

奎元的喉嚨裡發出「嗯……」的聲音。

花英知道，奎元會眼中泛淚是因為快高潮了，他用手指沾取淚水，在奎元的脖子上畫出長長一條水痕，接著馬上勒緊他的脖子。奎元瞪大眼睛，殘餘的眼淚撲簌簌落下。

「你可以射了。」

聽到寬宏大量的這句話，奎元在被勒著脖子的狀態下高潮了。花英為了奎元調節手上的力道，時而勒緊時而鬆手。七秒，花英確認著窒息的時間，然後看著奎元徹底達到高潮。

花英稍微退開身子，用手沾取奎元射出來的精液細細品嘗，之後朝奎元露出爽朗的笑容，然後用手在奎元臉上胡亂蹂躪一通。

奎元皺起臉來，臉部肌肉拉拉扯扯，整張臉變得狼狽不堪。看著他滿是精液的臉，花英說：「以後也要做好善後處理，不然我就懲罰你。這次結束了，辛苦了。」然後離開床鋪。

奎元的身體應聲倒在床上，耳邊傳來花英朝氣蓬勃的聲音。

「我用一下浴室。」

奎元什麼回應都沒說，但另一邊隨即響起水聲。花英洗澡的聲音讓奎元回想起昨晚浣腸的情景，一頭撞上床鋪。

拜託你清醒點！為什麼要這麼做！

即使如此，無情的水聲仍不斷響起。

第三章

清晨被奎元的吻喚醒，一整天都在公司裡努力工作，回到家後跟奎元玩激烈的遊戲——花英的日常生活其實就是往返於住家與公司。這樣的生活太過愉悅又新鮮，花英也沒空去追究跟蹤狂的事。從奎元開始保護他後過了一個月，除了毀損一輛賓士、家裡被人用噴漆塗鴉、稍微被人跟蹤了一下之外，他的日子相當平靜。

卻沒想到冷不防被人暗算了。花英看著傳真收到的照片，喃喃低語。

照片裡的花英正在把什麼東西塞進奎元的後穴，還有放大版的照片，任誰看了都知道是在浣腸。感受到部長李珠熙等人的銳利目光，花英在心裡暗罵「啊啊，媽的！」然後看著照片道：

「這張照片做得真不錯。其實我遭到跟蹤狂騷擾，照片中的這個男人是家裡為我安排的保鑣。唉，事情居然搞成這樣，我都不曉得該怎麼跟保護我的那位先生道歉了。總之，很抱歉因為我的私生活引發爭議，我會盡快抓住跟蹤狂，把事情處理好的。」

在部長跟常務都出面的場合上，花英一臉苦澀地說。

禿頭的常務問道：「我不相信這個人是你，不過看到這照片，我差點沒嚇死。對方到底是看你哪裡不順眼，對你做出這種事？我的天啊，你報警了嗎？」

花英回道：「沒有。家裡買給我的賓士車應該也是被傳來這張照片的人砸壞的。車窗玻璃都破了，輪胎也被戳破，怎麼看都像是用木棍或球棒砸的。當時我是停在飯店停車場，所以飯店那邊有負責幫忙修車。如果跟飯店那邊溝通，他們應該願意提供維修明細。

如果您希望，為了針對這件事證明我的清白，我可以提供維修明細給您。或者是，我的保鑣應該就在樓下等我，他可以替我作證……」

聽到花英的話，珠熙擺了擺手。

「你在說什麼？我們對你的私生活不感興趣。只是，既然對方傳了這個過來，我們是想提醒你小心一點。而且，這件事在他人眼裡看來也不是好事。我們只是想跟你說，不要因為私生活影響到工作。」

「真的很抱歉。」

花英低下頭，這種事情都是先低頭的人獲勝。

聽見花英一臉果斷又疲憊地表示自己遭到跟蹤狂騷擾，在場的人都皺起眉頭。所幸花英曾經說過「我最近被跟蹤狂騷擾，心情很差」，珠熙想起這件事，低聲說：「對了，你之前不也說過自己被跟蹤狂騷擾嗎？在辦公室吃披薩的時候。」

這麼一說，大家都想起來了。再次看向收到的傳真照片，都同時發出「唔！」的呻吟。

「沒發生其他事吧？花英，你沒事吧？」

方才像在看待變態的同事們，神色一致轉為擔憂。不愧是記憶力好的李珠熙，託她的福，他得救了。花英如此心想並勾起笑容，特意露出既難過又疲倦的微笑。

「是的……那輛賓士是我哥因為我讀大學送我的紀念禮物，結果卻收到超過一億韓元的維修費，我想飯店那邊應該比我更不想放過這個跟蹤狂。我沒事，雖然被跟蹤的時候有點擔心，但是我好歹也是個男人。」

聽見花英的話，隔壁部門的部長咬牙切齒道：

「大概是因為你身為男人也長得太漂亮了，所以才會遇到這種亂七八糟的事。到底是哪個瘋女人做了這種缺德的事？花英，如果你無處可去就來我家吧。如果是你，我太太應該也非常歡迎。」

事情告一段落後，大家紛紛離開會議室。坐在同一個辦公室，因此走向同方向的珠熙從遠處走近。

「花英，剛才很抱歉。你一定很難受，我卻要你別讓私生活影響到公司。我知道你是受害者，可是發生這種事情，會對人事考核造成影響。幸好這次大家都知道你是受害者，也都理解你的遭遇，但……韓國男人都有點那種傾向，你懂的吧？」珠熙一邊說，一邊拍了拍花英的肩膀。

花英點點頭。

在那之後，他一整天都收到來自同事的關心。

「花英，你沒事吧？聽說你被跟蹤狂纏上了！」

「我聽說了，那些照片是瘋女人合成的！」

花英一臉可憐地聽著同事跟他說這些話，在心裡擺出可笑的表情。

『我什麼時候這麼說了？我只說那張傳真是拚貼的，可沒說過照片是合成的。』

傳聞迅速傳播出去，連顧客都寫信來問：『花英先生，聽說您被跟蹤狂打到住院了！』

雖然不曉得謠言是怎麼傳出去的，但花英還是溫和地一一回覆。撇開「我有認識的警察」等無數的擔憂，越過「您有辦法自己回家嗎？」這些擔心的話，平安回到車上的花英感到疲憊不堪。

「花英先生，發生了什麼事嗎？」

奎元一問，就聽到叩叩的敲窗聲。車外有一名女性敲了敲花英身旁的車窗。

花英降下車窗，那名女性就對花英說：「花英，加油。那個，保鑣先生也請加油！」還遞了餅乾過來。

花英可憐地笑著說：「謝謝您，我們會一起分享的。」

女人的臉一紅，往後退了一步。花英對她揮揮手，她也跟著揮揮手。

花英一邊揮手一邊關上車窗。窗戶關上後，花英依舊揮著手認真地說：「拜託您快點開車。」奎元立刻踩下油門。

「啊啊，到底是哪個混蛋？千萬不要被我抓到！」

花英沉坐在副駕駛座上喃喃自語。

花英把照片拿給奎元看，並問：

「是不是拍得很好？尤其是您的表情，真是太棒了。」

看著那張照片，奎元的臉迅速漲紅。照片裡的自己正在哭泣，性器卻十分硬挺。插進後穴的是玻璃針筒，就連肛門的皺褶都拍得一清二楚。

「這是在哪裡拍到的？您的家裡明明沒有監視器。如果是連我都無法發現的先進科技，搞不好得請專家來……」

奎元的話被花英打斷。

「這是在『地牢』，很明顯啊。」

聽見這句話，奎元看向花英，表情說著「你怎麼這麼肯定？」。花英心想，站在被欺侮的立場，奎元當時的確既痛苦又感受著快感，或許不太記得當時的情景。花英回道：

「除了我家，我們只在那個地方做過浣腸。也就是說，這是我和您第一次玩遊戲的時候。這好像是錄影截圖，如果看這邊……」

奎元皺起眉頭。

「……房間裡有裝監控器？」

「對，因為這個圈子裡很常發生臣服者不想做，卻被逼著玩某些遊戲的事，也是因為這樣才會有那個地方的出現。他們寧可被別人看光光，也想安全地玩遊戲。那邊的臣服者都傾向這麼做，所以才會支付場地費參與遊戲。」

這麼說來，其他人也看到了那個情景？奎元的臉色發青。

而看見他的臉色，花英「啊」地低吟了一聲，深深低下頭。

「對不起，因為我都是在那邊玩……大家都曉得這件事，我沒考慮到您是第一次，所以沒跟您說，真的很抱歉。」

看著花英頻頻道歉，奎元還是不得不連忙回答「沒關係」。老實說，這件事的確讓他很驚訝，但那邊的人都是如此……而且這事關人身安全，奎元覺得確實需要這麼做。

假如在遊戲中被逼迫做出某些行為，又或者是不得不靠蠻力壓制的對象，這些人該怎麼辦？他自己的體格雖然不至於被人逼迫，但那些女臣服者該怎麼辦呢？他突然覺得，女性受虐狂更辛苦。

「話說回來，這樣的話，散布這張照片的人就是有權限調閱監控畫面的人之一吧？」

奎元轉移話題，順便安慰非常愧疚的花英。

「也就是說，跟蹤狂是其中一名員工，這樣範圍就縮小了呢。」

笑得一臉純真的奎元太可愛了，花英伸出手指輕撫他的臉龐。

瞥見花英的手指，奎元的臉有些發燙。看著這樣的奎元，花英輕聲說：

「您笑起來的樣子也很美，雖然我比較喜歡您哭泣的模樣。」

聽見這番話，奎元轉過頭說：「我這輩子第一次聽見有人這麼說……」

雖然花英說奎元害羞的樣子也很可愛，但奎元真的是出生以來第一次聽見這番話，感到不知所措。

驀地，奎元想到一個念頭。假如花英現在不是在逗他，搞不好花英對自己也有戀愛的感情。奎元想試探看看，但他從未試探過別人，沒有信心，何況對象還是花英。

花英可是在玩遊戲時能一眼看穿奎元想要什麼，非常敏銳的男人，他一定會發現的。

「我啊，如果有了喜歡的人……雖然我曾覺得這對我來說也許太難了，但是草鞋也成雙論對，再糟糕的人也會有另一半不是嗎？所以，如果我有了喜歡的人，或許唯獨不會跟那個人玩SM。我會一輩子掩飾自己的施虐傾向，只看著他。所以我覺得，如果對方不是同一個圈子的人，就乾脆不要愛上他。那個，雖然您聽了可能會覺得有點可笑……但我覺得一見鍾情的愛情就像詐欺一樣。」

他輕撫奎元的臉。真美。雖然這張臉在他人眼裡像個凶神惡煞，但在花英眼中卻是這世界上最美的臉。這是一個面對他人時說話冷酷無情，對花英卻會撒嬌哭泣的男人。

而且看過這男人真實面貌的人只有我，能看見這一面的只有我——一股哀傷在花英心裡翻騰。

「可是，如今我不需要那麼做了，我非常高興。其實我曾懷疑過，如果不當支配者，只當一個平凡的男人，我是否能感受到性愛的快樂？但現在這些擔憂都是多餘的。」

告白的花英抬眼看向奎元，而奎元也垂眸望著他。漆黑的眼瞳彷彿有些慌亂，眼神左右游移，垂下濃密的睫毛。

奎元張嘴想說點什麼卻又忍住，如此一再反覆後嚥下一口口水。他慌張地看向照片，手指微微顫抖著。那上面拍到了奎元跟花英，奎元覺得，任誰看到都不會覺得那是在做愛，只是種變態行徑。

不會有人把那當作「充滿愛意的行為」——這種想法令他很是難受。雖然他總是期盼能有一位主人，但那個人只能是花英。不管是對於對方還是自己，他都不會允許這種行為。

奎元這麼心想，硬是擠出發不出來的聲音。

「恭喜您，雖然不曉得對方是什麼樣的人……但那個人一定很開心。」

剛說出這輩子唯一一次告白的花英勉強穩住差點失去平衡的身體，用慌張的眼神望著奎元迴避自己視線的側臉。他知道金奎元是一個很遲鈍的人，但是……他不知道這是遲鈍，還是在委婉地拒絕他。

花英本想告訴他「我喜歡的人是你！」，但最後一臉不滿地閉上嘴。奎元是拒絕他了嗎？萬一聽到他說：「我對你沒有那種感情，對我來說，你只是個遊戲玩伴而已。」花英覺得自己會非常受傷，搞不好連日常生活都無法自理。如果失去眼前這善良的人，他該怎麼活下去？他又該做什麼？要像以前一樣，一有空就去俱樂部，隨便找一位臣服者玩激烈的遊戲嗎？不，花英覺得自己做不到。

向來充滿自信的花英咬緊脣，他開始覺得，與其被拒絕，不如像現在這樣繼續下去。也不要告白……讓他的身體上癮。他覺得他做得到。

那萬一抓到跟蹤狂了呢？突然想到這一點，他開始怕了。如果抓到了跟蹤狂，奎元也許會毫不留戀地拋下他離開。

「我們去確認看看吧。」

奎元沒有信心能看向花英，站起身來。反正也得去確認……抓到跟蹤狂之後，這段關係大概也會跟著結束，這讓奎元感到心痛。

花英是個溫柔的男人，對奎元也很溫柔。雖然不曉得花英說他可愛是在捉弄他，還是想安慰他，但首先，他們是炮友關係，所以會說些讓人誤以為是戀愛情感的話。

奎元正打算經過花英身旁時，花英抓住了他。

花英捫心自問，讓奎元的身體上癮又怎樣？他正握著奎元的手腕，而這個手腕的主人是傭兵出身，身高大約兩百公分的男人，他卻說要讓奎元的身體上癮，讓奎元時時活在不安與恐懼之中？別笑死人了，尹花英，你不是做出這種事還能安然度日的人，好好走在正軌上，別走歪了。

「奎元先生。」花英如此呼喊，但奎元與往常不同，沒有看向他。

「我們走吧。」

奎元那麼說的聲音冷冰冰的，像是公事公辦。花英低聲喊他：

「金奎元先生。」

奎元不想聽到關於花英戀人的事，所以想把手抽回來。但花英抓著他的力氣比奎元想掙脫的力量大多了，而且奎元也實在無法用力甩開花英，只能被他抓著手腕。

花英低聲道：「金奎元。」

又喊了一聲，花英稍微調整呼吸。他明顯感覺到心臟不在胸腔內，而是耳膜旁邊，怦通怦通的心跳聲吵雜，讓他心煩意亂。

手錶秒針的聲音劃破沉默，花英調整了很久的呼吸，但快速跳動的心臟不打算回去原本的位置，因此他決定直接開口：

「您還記得我說要以愉虐關係為前提，與您一起玩的話嗎？」

奎元已經忘了這件事，卻仍點點頭。花英是這麼說過，不過奎元在那之後沉迷於遊戲中，忘了這一切，沉浸在花英的命令裡，沉淪在花英的管束中，那件事就一直沒被提起。

奎元心裡對花英浮現「要道歉就快點」的想法，不自覺地皺起眉。這時，花英開口：

「我喜歡您。」

「不用了。」

奎元理所當然地以為花英是要道歉，因此在花英開口的同時，奎元就說出了心裡的話。

花英無力地放開手，奎元向前走了兩步，這才發現自己聽見了什麼話。

「啊，我……！」

奎元回過頭，只見花英一臉蒼白地咬緊牙關，搖搖頭。

「沒關係，我聽到您的回答了，我們走吧。」語畢，花英率先往前走，留奎元站在原地。

赫然發現自己都幹了什麼好事的奎元站在身後，摸不著頭緒，但還是就這樣跟著花英走。

總之，他的首要目的是把跟蹤狂抓起來，然後得跟花英說對不起，跟他道歉才行。他要跟花英說他不是那個意思，是他說錯話了。

與此同時，花英發誓如果抓到跟蹤狂，他一定要宰了他。宰了那個混蛋，然後他也去吃牢飯。

奎元一直盯著花英咬牙切齒的模樣。

一抵達俱樂部，花英就用態度凶狠地把紙一扔。

看見翩然落下的傳真紙，俱樂部經理一臉慘白地抬眼看向花英。

「這、這個是……？」

花英鐵青著臉，反問嚇得渾身發抖的俱樂部經理覺得這像什麼。

奎元第一次知道，人會因為憤怒而臉色發白。

「有人把這個傳真到我公司，您是怎麼管理這邊的員工的？」

看著花英的俱樂部經理再度看向照片，然後抬眼看向花英。他立刻繞過桌子走出來，安撫花英道：「您先坐下來再說吧。」

花英一副「不需要」的表情，但聽見奎元喚了一聲「花英先生」，最後還是在沙發上坐下來。花英這輩子第一次告白，卻聽見慘烈的「不用了」三個字，都快爆炸了。但即使如此，他也不想讓奎元討厭他，他甚至想哀求他，不能稍微喜歡他一點點嗎？

——求什麼求，乞丐尹花英！

花英決定把這股憤怒發洩在跟蹤狂身上。他不久前才下定了相似的決心，想必之後也會繼續下去。

「喝杯茶吧，您想喝點什麼？」俱樂部經理遮住自己抖個不停的手問。

花英看向奎元，只見奎元依舊站在他身後，氣得臉都扭曲的花英冷冰冰地說：「請坐。」

內心卻浮現荒謬的想法，想著「他連坐到我旁邊都不願意嗎？」。雖然他也知道這個想法很荒唐，但……如果凡事想想就能做到，這世界該有多和平啊。

奎元本想回答「不用了」，但是看花英一臉殺氣騰騰的樣子，還是在他身邊坐下。

「您想喝什麼？」花英問。

奎元動了動原本想說「不用了」的嘴，對俱樂部經理說：「咖啡，麻煩您。」

俱樂部經理低聲回答道：「啊，好的，咖啡。」

花英則冷冰冰地說：「請給我兩杯咖啡。」

俱樂部經理如同抓住救生圈一樣緊緊抱著電話，嘟囔道：「送三杯咖啡……過來，還有，啊、沒什麼，嗯。」

他一掛斷電話，花英就開口說：「坐下來談談吧？」

俱樂部經理不得不拖著腳步走過去坐下。

「我相信您能找到這是誰幹的，告訴我需要等多久。」

看著花英扔過來的紙張，俱樂部經理微弱地抗議道：「這不一定是我們的監控畫面……」

但花英哼笑了一聲。

「我跟這位先生只在兩個地方玩過這個遊戲，而另一個地方是我家。所以，您要說這是我家嗎？」

聞言，俱樂部經理說：

「這也是有可能的。這張照片放大那麼多，您也沒有證據能證明這是我們俱樂部的監控畫面，這樣我們也很難……」

那一刻，連奎元也嚇到了，因為平時溫柔、平易近人的花英咬牙切齒地一拳捶上桌子。

俱樂部經理渾身僵硬地看著花英。

「然後就這樣外流了是嗎？」

花英的表情殺氣騰騰，一絲血色都沒有，讓奎元擔憂不已，心想花英看起來很不舒服，萬一就這樣暈倒該怎麼辦……？

雖然看在別人眼裡，花英宛如惡鬼，但是在比花英高十七公分的奎元眼裡，花英只是一個像花一樣羸弱的男子。畢竟對奎元來說，一百七十公分跟一百八十公分沒有差別。

但身高一百七十二公分，深深明白其中差異有多大的俱樂部經理顫抖地說：「我……我怎麼會讓這種照片外流……」甚至開始哭哭啼啼。

花英看著經理的表情，哼笑一聲。

「拿去賣了吧？說是尹花英有了新的臣服者，然後賣掉我的監控畫面，不是這樣嗎？」

經理和奎元的表情更難看了。

俱樂部經理大喊：「不、不，不是、不是，不是這樣的。」

臉上卻寫著「你怎麼會知道？」。

看見那副表情，奎元覺得自己快暈倒了。他是說，別人也看到了那天的監控畫面？他真的要瘋了，他光想到就想去死。

花英用冰冷的表情說：「真可笑，我之前就警告過你們了吧？我說過，要是再讓我的監控畫面外流，我不會善罷甘休。」

聽見這番話，俱樂部經理大喊：「那您又能怎樣？」

他倏地站起身時，女員工端著咖啡進來。

「您……您又沒有證據能證明是我們做的！怎麼樣？您要是再這麼無禮地糾纏下去，我們就無法再讓您成為我們的會……！」

花英一腳將茶几踹翻，大吼的俱樂部經理瞬間閉上嘴，喉結劇烈地上下滾動。

花英說道：「小姐，在妳看到可怕的畫面之前，把咖啡放下就先出去吧。」

女員工識趣地將三杯咖啡放在被踢翻的桌子上，然後離開。

最先笑出聲的是花英，他用無言的表情笑著，端起一杯咖啡，遞給奎元，然後自己也喝了一杯。

喝完一杯咖啡之前，花英沒再說半個字。

奎元不曉得自己的那副模樣被人賣去了哪裡，慌張到手都在不停顫抖，可是在如此可怕的氛圍下，他實在說不出話來。而且，俱樂部經理現在一副見到鬼的樣子。

片刻後，喝完咖啡的花英將紙杯揉成一團，丟進俱樂部經理的咖啡杯裡。

「我們再談一次吧？您要開除我的會籍？」

見狀，俱樂部經理連忙擺擺手說：「怎麼會呢……我的意思是說，您這麼說，我們會很困擾。那個，花英大人，您也知道，我們的安全控管做得很徹底，而且……」

他正想繼續說下去時，花英打斷他。

「是李基煥？」

跟不曉得那是誰的奎元不同，俱樂部經理似乎知道花英在說誰。

「姜英浩？權勇佑？」

花英嘴裡不斷說出人名，俱樂部經理開始坐立難安。

「啊，具成俊？」

花英一講出這個名字時，俱樂部經理就嚇到跳起來。任誰一看都知道是具成俊。

「不、不是，那個！」

「原來是這他媽的混蛋又威脅你，所以你把監控畫面給他了，嗯？」

「不是的，不是，那個……」

「您賣了多少？」

花英的語氣再度尊敬起來，俱樂部經理幾乎是哭著回答：「一千萬韓元……」

聽見這數字，花英笑了。真的生氣起來，花英反而會笑。

剛剛他也是第一次氣到臉色發白，大概是因為被奎元拒絕了才會面無血色，但現在他單純非常生氣，做好所有準備，要踩死這個跟蹤狂。

「拿了很多嘛。不過您負擔賓士的維修費，應該也花了不少，那筆錢您就拿走吧。反正那混帳沒有了錢，就只是一具屍體……沒錯，就算有錢也像個行屍走肉。」

花英立刻伸出他漂亮的手。

「具成俊的電話。」

聞言，俱樂部經理急忙衝到桌子前，在便條紙上寫了些什麼，然後遞給花英。花英將恭敬地遞到眼前的電話揉成一團，放進口袋後譏諷道：

「還真是受貴俱樂部喜愛的常客啊，經理竟然記得他的電話號碼。」

花英朝門口走去，奎元也跟著他離開。在他們踏出辦公室之前，俱樂部經理用僵硬的聲音喊了一聲：「尹花英大人。」

花英立刻回過頭。在花英叫他有話就說的慈悲目光下，俱樂部經理說：

「我也記得您的連絡電話……」

花英面無表情地轉過身走出去，奎元也跟了上去。

一想到俱樂部經理或許出乎意料地是一名受虐狂，奎元就感受到這圈子奇妙的氛圍。不過這段監控畫面到底被散播到什麼程度了？一想到這裡，奎元就想哭。

走在前面的花英似乎察覺到奎元的擔憂，回答他：

「不會散播出去的。那混帳也很了解我的個性，不敢到處散播。雖然經理不曉得，但那個混帳很清楚我家是做什麼的，如果他不想一輩子在仁川近海游泳，就不會那麼做。」

自從離開公司以後，一直很緊張的氣氛似乎稍微緩和了一些，奎元剛開口說：「您剛才說的話……」

花英就跟他說：「稍等一下。」然後拿出手機接電話。

『尹花英，好久不見啊，聽說你生氣了？』

聽見成俊狡猾的聲音，花英問：「你在哪裡？」

花英平時即使生氣也是面帶笑容，察覺到花英的聲音與之前不一樣，成俊反問：『你真的生氣了？』

那一刻，花英回答道：「要是讓我再問一次，就算是你，我也不會放過你。你在哪裡？」

聞言，成俊小聲回答道：『在房間。』

「什麼，地牢嗎？幾號房？」

『喂喂，等等，等一下。如果是監控畫面的事，要打要罵我都願意承擔，但那捲帶子我只看過一次就還給俱樂部了。是我親自帶來，親手還給他們的，真的，我敢保證帶子在我手上的時候沒有外流，不是我。』

在花英通話的期間，奎元也接到了電話，是尹震英的私人號碼打來的。奎元接起電話：

「我是金奎元。」

對方馬上問：『花英出什麼事了嗎？』看來是真的很疼愛這個小弟。

得知花英的哥哥們這麼疼他，奎元欣慰地道：「不是那樣，是我們好像找到跟蹤狂了，馬上就要去跟對方談判。」

電話另一端的尹震英呼吸有些急促地問：『花、花英也知道嗎？』

「是花英先生親自抓到的，他當然知道。」

聞言，震英大喊：『不行！絕對要攔住他，絕對！』

奎元對失控大喊的震英說：「不可能。」

震英大吼：『你不是說你在傭兵部隊打滾過嗎？不是說你得過勳章嗎？為什麼做不到！』

因為這串怒吼，奎元將手機拿離耳邊。當然，連正在跟具成俊講電話的花英都瞪著奎元的手機。花英對電話另一頭的成俊說了句等等，一把搶過奎元的手機。

「震英哥嗎？」

『啊，沒錯，是我。花英啊，聽說你抓到跟蹤狂了，哥過去……』

「哥，你別插手，如果你插手不讓我宰了那個混帳，我真的不會放過你。」

花英說完後，把手機還給奎元。他將手機遞給奎元時露出苦笑。

說真的，如果通話的人不是奎元而是別人，花英早就把電話砸爛了。但是這部手機是奎元的，他只能老老實實地把手機還回去，連掛斷電話都做不到。

你剛才被甩了，你這個笨蛋窩囊廢——就算花英對自己這麼說，他還是喜歡奎元，太喜歡了，所以他既鬱悶又傷心，而且似乎就要抓到能讓他宣洩這股負能量的對象了。

花英今天想要不顧一切地揍人。

「啊，我是金奎元。」

奎元接過花英還來的手機，小聲說話。這時，震英開始懇求奎元，他說「花英是我們的寶貝么弟，名字也取名為花朵的花、菁英的英，他絕對不能有半點差池」……奎元聽震英說著和他們第一次見面時幾乎一模一樣的話，似乎終於明白為何震英會派他跟著花英了。

震英擔心的不是花英的安危，而是跟蹤狂的生命安全，他擔心脾氣火爆的弟弟會把跟蹤狂抓起來殺了然後去吃牢飯，這是一個擔憂弟弟的哥哥令人熱淚盈眶的關心。

奎元被震英的擔心感染，以至於他只能不斷重複道：「我絕對不會讓這種事情發生。」再三保證的期間，奎元也開始擔心花英真的會那麼做。俊美、善良、什麼都很好……但花英的個性有點倔強也是事實。

看見再次折返的花英，俱樂部經理的臉上因為喜悅與恐懼亮了起來，之後變成灰如死土。用一句話來形容，就是比調色盤還精彩。

花英看著那張臉問：「您這裡有個員工，身高比我矮一點，主要負責門口吧？男性，某方面來說是一臉娃娃臉，又有點年紀的那個。鼻子有點塌，眼睛圓圓的，有些娃娃臉但總是面無表情。」

花英描述了一番後，俱樂部經理迅速按下內線按鈕說：「叫允浩來一趟。」然後他看向花英問：「允浩他……怎麼了……？」

經理一臉不可置信，花英則當著他的面嗤笑道：

「還能有什麼事？」

聞言，經理反問：「果然是他嗎？」

此時，那名叫允浩的男人走進辦公室。

奎元看到他的瞬間就想起來了，這個人是他第一次跟花英來俱樂部時，負責帶路的人。那個與他們擦肩而過的男人，居然就是跟蹤花英的跟蹤狂！別說奎元了，這男人矮小的身材連花英一拳揍下去都會骨折。他說著「有什麼……事……」並走進來，看見花英後臉一僵。

「最近有個跟蹤狂跟蹤我。」花英的話讓男人臉色發青，「是你嗎？」

聽到花英的問題，男人突然轉身想逃。花英還來不及移動，站在他身後的奎元就先衝了過去，將沙發當作支撐點，輕鬆地跳過去，從花英身旁掠過。奎元帶起一陣風後消失無蹤，接著不到一分鐘就拖著允浩回來了。

奎元將喊著「放手，你這個渾蛋！」反抗的允浩用力推進辦公室，然後堵在門前，將身後的辦公室大門反手關上。

「閃開！」

允浩對奎元大吼，但奎元堅定地搖頭。

「恕難從命。」

聞言，允浩大吼：

「一個奴隸還不快滾！」

「您知道就好，我主人不是說想見您嗎？在你們談完之前，我是絕對不會讓開的。」

奎元語畢，聽見喀嚓一聲，是蝴蝶刀。

允浩開始用右手耍弄蝴蝶刀，甩出喀嚓喀嚓的聲響，四處揮舞。

「你的體格再好，擋得了這把刀嗎？」

此話一出，辦公室裡的三個人同時笑了。雖然那笑聲就像肺部漏風一樣有氣無力，總之就是很可笑。

擋在門口的高手金奎元和黑道貴公子尹花英笑得明目張膽，而飽經風霜的俱樂部經理單純是覺得可笑。

尹花英從允浩身後一腳踹飛他，允浩別說帥氣地舞弄蝴蝶刀了，整個人往前倒。當然，蝴蝶刀也跟著飛出去。

「真是病得不輕。」

花英用手指勾著領帶，一口氣扯下來，那是要打人的前兆。

看到花英那麼做，允浩曾想反抗，但花英的速度更快。他毫不留情地騎在允浩身上不斷揮拳，轉眼間，允浩的臉上就沾滿了鮮血。花英似乎不想問他為什麼要這麼做，奎元立刻伸手拉住花英。

「請您住手！」

但花英不說話，集中火力痛毆允浩的臉。最後奎元只好用蠻力把花英拉起來，從他身後將他往後拖。

即使被奎元往後拖，花英還是非要往允浩身上多踹幾腳。氣喘吁吁的花英氣得滿臉通紅，看起來更漂亮了。奎元一邊唾棄自己在這個時候還有閒情逸致想這些，一邊問允浩：

「您為何要這麼做？」

幸好允浩沒被揍到昏過去，但就連擦個血都很費力，卻依舊不回話。花英見他如此明目張膽地無視奎元，氣得大喊：「你這混蛋！還不回答！」

允浩聽了，嚇得肩膀一顫。

……這反應，該怎麼說……奎元代替從小到大都自信滿滿，對負面情緒不太了解的花英看向俱樂部經理。這時，俱樂部經理也皺起眉頭，深吸一口氣後問：

「允浩，難道你對花英大人……？」

聞言，允浩脫掉上衣，擦拭臉上的血，可是就算擦了也依然血肉模糊。經理看見制服被弄髒，皺起眉——允浩大吼：

「他是所有臣服者夢寐以求的主人，不是嗎？就算多我一個又有什麼不同！」

還真是隨隨便便就豁出去了。在俱樂部經理瞪著允浩的時候，奎元問他：

「難道……您是臣服者？」

允浩依舊沒有回答奎元的話。花英輕輕拿開奎元的手，上前用腳抬起允浩的下巴。

「被虐傾向？」

聽見這句話，允浩低下頭。

「那就應該乖乖等著被欽點啊，你這是在幹……」

「我是施虐傾向。」

說著，允浩把下巴從花英的腳下挪開。

施虐傾向？奎元再次看向俱樂部經理，只見對方點點頭，看起來早已知情。

花英用十分厭惡的表情低喃：「你也是嗎？嗯？」然後搔搔頭。

「啊啊，他媽的，今天就當作消災解厄吧。」

花英出乎意料地丟出這句話就打算離開了。

奎元有些不解，正要追上去時，一個高大的男人走進來。是個身高比花英高，身材也比花英魁梧的男人。

「哇，果然是這傢伙嗎？真是林子大了，什麼鳥都有。」

尹花英，你真是厲害，現在連員工都勾引。男人一邊說一邊彎下腰，歪著頭。花英捲起沾了血的袖子，低聲道：

「少在那裡發神經，滾開。」

男人見花英一臉低氣壓，轉頭看向允浩。使勁打量允浩的男人用油膩的口吻，笑著開口：

「你幹嘛耍花英？因為想被花英踐踏？你來找我，我就會讓你見到天堂啊，嗯？你明明這麼可愛……」

在男人繼續說下去之前，花英用辛辣的口吻打斷他：

「他說他是支配者。」

男人倏地站起身大吼：「啊啊，幹！」

見狀，花英抬起眼。

「我說過別學我講話。」

「花英啊……你別看我這個樣子，我也只鍾情於你十年了，不是嗎？哇啊……」

男人假裝發牢騷，緊追了上去，奎元見狀也跟著移動。

花英回過頭說：「經理，請您徹底做好員工訓練。看在過去這段時間的情分上，我不跟您追究。」

那一刻，俱樂部經理向花英彎腰鞠躬。

「真的非常感謝您！」

在奎元從允浩旁邊經過前，允浩朝著花英大喊：「我還會繼續這麼做！」

唉，第一次見到他的時候，還覺得他是個成熟的人啊。

奎元在允浩大喊的瞬間摀住他的嘴，並對回過頭來，投以凶狠目光的花英生疏一笑：「您先走……唔！」

他發出吃痛的聲音。奎元正要叫花英先走時，允浩咬了他一口，奎元因此放開了手。

奎元壓根沒想到對方會咬他，頓時有點慌張，但接下來發生的事情令他更慌了——其實他早有預料事情會變成這樣，只是後續發展棘手到讓他猝不及防——花英開始往回走來。

花英把領帶扯下、扔在地上的模樣幾乎看不出平常的樣貌，渾身散發出無情、殘暴的氣息，讓奎元恍神片刻，然後趕緊打起精神，衝進花英懷裡抱住他，將他往外推。

「啊，請等一下。」

花英試圖拉開奎元，同時用令人害怕的目光瞪著允浩。

「啊，等等，奎元先生，等等，等一下，讓我跟那小子稍微聊聊就好，好嗎？」

但奎元沒有回答他。花英的聲音充滿殺氣，想也知道不可能只是「聊聊」。

奎元默默將花英往外推，不忍推開奎元的花英一邊被推出去，一邊繼續低聲說：「等等，十分鐘就好。」

男人看見兩人這樣，上前輕踹了允浩一腳。

「喂，你就這麼喜歡尹花英嗎？不過，就算尹花英改變性向，對他垂涎三尺的人也從首爾排到釜山了，根本輪不到你這種貨色。」

這句話讓允浩怒瞪著那男人，但男人根本不怕。他再次蹲下來，跟方才以為允浩是臣服者時截然不同，態度非常冰冷、駭人。

「而且花英可是尹幫的小兒子，你聽過尹幫吧？」

允浩搖搖頭。

男人瞥了俱樂部經理一眼。經理似乎知道尹幫，整張臉都白了。

「經、理、大、人，好好訓練一下吧。我看您就算要攆他走，也得好好教育一下再送他離開。如果花英的大哥、二哥跟父親全部出動，您這裡還能經營下去嗎？」

男人嘻皮笑臉地對俱樂部經理拋了個媚眼。

「他們家的人都將花英視若珍寶，勸您現在還是為彼此的生命著想吧。」

男人那麼說完，轉頭勸允浩：「你也要珍惜自己的小命，你得明白性命是很珍貴的。」

語畢，便往花英跟奎元消失的方向走去。

男人一走遠，這段時間失去錢財又被罵得狗血淋頭、吃盡苦頭的俱樂部經理一臉陰沉地站到允浩身後。現在輪到他報仇了。

他握緊拳頭，傳出骨頭擠壓的喀嚓聲響。允浩回頭一看，不自覺地發出慘叫。

「呃啊啊啊啊！」

‡

某處傳來一陣慘叫聲，但那與花英無關。花英憂鬱地看著正在將自己往外推的可愛男人，然後倏地將他拉近。因為猛然被拉向力量來源，沒料想到的奎元一個踉蹌，臉就撞上了花英的胸膛。他一臉驚訝地抬起頭，花英低聲問道：

「我們還是遊戲玩伴，對吧？」

那聲音和表情都跟平時不一樣，十分哀淒。

奎元頷首，雖然他覺得挽回失言的機會來了，但花英卻不那麼認為。他一手抓著奎元，對簇擁上來的員工說：「給我房間。」馬上移動步伐。

敏銳的員工趕緊走到前面，替花英跟奎元帶路。

一進房間，花英就脫掉沾滿鮮血的衣服，扔到一旁，然後命令奎元：

「脫掉。」

那句話既冰冷又悲傷。奎元想說點什麼，可是他抬頭望去，花英的臉上露出了微笑。那是與平常同樣燦爛的笑容，奎元豁然明白花英是真的想玩遊戲。

好混亂，他分不清花英想要的到底是他這個人，還是這場遊戲。

奎元像被迷倒似的脫下衣服，也努力想從花英的微笑中找出一絲真心。現在玩遊戲真的是花英想要的？還是對花英說「我喜歡您」才是正確的？

但花英的笑容比撲克臉還要無情，對奎元這種向來用單純的角度看事情的人來說，幾乎無法判斷。

花英挑釁似的只用嘴型說了兩個字——騷貨。

羞恥心使熟悉的快感沸騰，花英稍微閉上嘴頓了頓，然後道：

「真可愛。」

奎元一直盯著暈眩似的闔上雙眼的花英，感覺過了很長一段時間。只脫掉上衣的奎元無法從花英臉上別開眼，而花英的嘴不停開開合合，最後開口道：

「我覺得你很可愛。」

內心湧現的那句話從嘴裡流洩而出，像是怎麼樣也無法抑止似的，花英再次低聲說：

「可愛到想詛咒你。」

花英睜開眼睛時，臉上的表情跟他揪心的聲音不同，依舊笑得很燦爛。

奎元總算明白那個笑容是花英硬擠出來的。不知道該說什麼的他猶豫了一下。

奎元脫下衣服時，花英面帶燦爛的笑容走近。奎元熟練地跪下後，花英垂眼看著那張臉一會，一把抓住他的頭髮，奎元「嗯……」了一聲，發出熟悉的聲音。

長期性幻想的結果，讓奎元發出「啊啊」的呻吟聲，但讓那樣的奎元綻放的正是花英。

全都是他教的，做愛也好，忍受痛苦的方法也好，打屁股也好，全都是他教的。但那只不過是種遊戲，就算那股虛無縹緲的占有欲就跟「你會唱歌是我教的，所以你只能在我面前唱」這種心態沒兩樣，花英還是想要求這項權利。他冷血地責罵自己。

即使如此，他還是不甘心到快瘋了。這是最後一次了，花英努力說服自己。在最後盡情擁抱他吧，可以的話……雖然想讓他久久忘不了自己，可是一這樣心想，他的心就好痛。

花英第一次知道心痛是什麼感覺，跟其他的痛苦不一樣，那股情緒與其說是刺痛，更像是麻木，彷彿全身神經都癱瘓了一樣。沒辦法忍受、沒辦法控制，那是一種無法從痛苦中抽離的感覺，使花英慌張不已。就算如此，他的臉上依舊充滿燦爛美麗的微笑。

花英說著「你試試」，用目光對奎元示意自己的性器。

奎元依照花英教他的，用牙齒拉下拉鍊，用舌頭勾出性器輕輕咬住，然後頓住了。

這是奎元第一次遲疑，花英有些疑惑地低頭看著他。而奎元盯著花英的性器好一會，然後開口道：

「花英啊。」

這是奎元第一次喊花英的名字。

怎麼回事？跟某人不一樣，觀察力敏銳的花英突然感到一陣安心跟喜悅，眼淚都快掉下來了。不是父母死了，更不是失戀，雖然心裡知道自己沒有理由哭，拚命忍著眼淚，但眼眶開始發燙。搞什麼啊？

花英雖然低頭看著奎元，奎元卻盯著眼前的性器，真心誠意地說：

「如果不是你……我這輩子都不會幹這種事，真的。」

花英又笑了，因為他覺得這情景非常浪漫。好滑稽，他的樣子很滑稽，情況也很滑稽，一切都滑稽到他無法忍受。但如果有人跟他說我記住你的蠢樣了，花英一定會揍那個人揍到他斷氣那天為止。

但除了可笑之外，他覺得很幸福。

遊戲搞砸了。當奴隸的人對主人說話隨意，還大放厥詞，身為主人的他卻覺得很好，還笑了，心存感激。不過，花英是真的開心到滿臉笑容，他出生至今就屬現在最幸福了。

還有，他很確定此時此刻地球上沒有人比他更幸福。

「我們來做愛吧？」花英抬起奎元的下巴問他，「普通的做愛，就像一般的戀人那樣。」

聽見花英的話，奎元站起身來親吻花英。鄭重又溫柔，很像金奎元的一個吻。

不，與其說是吻，更像是告白。花英閉上眼，用心感受奎元說不出口的那些話。然後嘴唇分開時，他比奎元更勇敢地說出自己的告白。

「我愛您。」

接著，他們撫摸彼此，真誠又充滿愛意。這是他們第一次這樣愛撫對方。不是約束、支配或服從，而是宛如沉浸在溫暖水流之中，被一種柔和的感覺包覆著。

親吻很甜美，行為謹慎而鄭重，那是世界上最疼愛的愛撫——但這好像是問題所在，他們都沒有興奮。不管奎元怎麼撫摸花英的身體，不論花英怎麼親吻奎元，他們的身體都沒反應。

「看來得熬夜了。」

讓沒有勃起的性器相碰，花英嬌媚地說。雖然這些行為令人感到舒服，可是沒有點燃他們的激情。不過還是很幸福，大概是因為對象是彼此吧。

奎元一邊磨蹭著花英的性器，一邊發出「嗯……！」的呻吟。花英調皮地用自己的雙唇蹭過那對呻吟的雙唇，之後猶豫了一下。他沒有做過普通的性愛，不曉得哪種程度算是普通的性愛。

「你的哭聲就像女人一樣。」這是汙辱人的話嗎？而且那也不算哭泣。

「你的呻吟是絕品。」這會不會太像在對待一個物品了？

花英所知的性愛用語都是羞辱對方的話，這讓他很傷腦筋，他甚至覺得「原來普通的做愛這麼難又複雜，會計審計簡單多了」。

「真可愛，好想讓你穿裙子。」

花英好不容易找到一句正常的話說出口，但對奎元來說，那是非常羞恥的話。看著奎元露出混亂的表情，花英內心想著「啊啊，真可愛」，然後輕輕吻上那雙唇。

「你不喜歡嗎？」

聽到花英的話，奎元實在無法說出「不想」，只是抬頭看著他。花英從那張臉上讀出奎元是真心抗拒，於是他在嘗試普通性愛、令人感激的時刻說了句「CD[8]確實不行啊」，然後惋惜地放棄了這種玩法。

奎元不知為何對花英的溫柔對待提心吊膽，感覺不太對勁。雖然是非常溫柔、親切、美麗的行為，但就像在欣賞藝術品一樣，讓人提不起興趣。雖然他喜歡撫摸花英，但他更喜歡花英

8 CD：Cross Dresser，穿異性服裝的人。

凌辱他，但他又不想就此打住，因為連他自己都覺得，如果對象不是花英，他大概這輩子都沒辦法來場普通的性愛。當然，真正普通的性愛應該要跟女人做，但……如果對象換成女人，他想必無法勃起，所以那個選項只能從一開始就刪掉。

花英在奎元身上動著，即使他的性器磨蹭著奎元的，奎元還是幾乎沒有勃起。他只是懶洋洋地抬眼望著花英。

停下空虛得連水聲都聽不見的動作，花英問：「您在想什麼？」

奎元臉上掛著微妙的笑容，像是剛睡完午覺的野獸懶洋洋地回答道：

「在想您真美。」

聽見這句話，花英噗哧一笑。望著花英那雙彷彿在問他「就這樣？」的眼睛，奎元把藏在心裡的話說了出來。

他覺得有些丟臉，當他說出「我想……舔您的那裡」的時候，臉頰微微泛紅。花英將性器湊到奎元嘴邊並貼上去，就在奎元要張開嘴的那一刻，花英捏住他的臉頰，力道不輕，是真的會痛的程度。

奎元的喉嚨深處發出呻吟，然後張開嘴，但是花英沒有放進去，奎元就按照這段時間以來花英所教的，喵了一聲。

「喵～」

花英猶豫了一會，把性器塞進奎元的嘴裡，反正這點小事，兩人都很享受。

花英一邊對自己這麼說，一邊擺動身體。他像在跳舞般，緩慢且具有節奏感地擺動身體，同時把手往身後一探，確認奎元性器的狀態。直到現在才勃起的可愛性器讓花英很滿意。不被羞辱就無法勃起的身體。

這是一隻為他量身打造，巨大、敏捷、害羞又順從的貓咪。

「再收緊一點。」

聽見花英的命令，奎元將臉頰更加收緊。

花英手裡握著的性器開始挺立起來。花英心想，也許別人也會說這樣的話，幾乎就快說服自己了。他沒有幫奎元浣腸，也沒有打他，這種程度連香草之間都會做啊。接著他逼迫奎元：

「怎麼這麼鬆？再收緊一點，用你的舌頭，睪丸也要舔吧？很好，做得不錯。」

花英的聲音跟調教時一模一樣，讓奎元發出呻吟。花英覺得這就跟因為喜歡，從喉嚨發出呼嚕聲的貓咪一樣，臉上露出跟方才截然不同的笑容——那是一個冰冷耀眼的主人微笑。

「再來，再含深一點，把喉嚨打開……」

話語越是殘酷，內心就越炙熱。花英想要求更多他，他跟奎元說了「我喜歡您」，然後也得到了奎元的回答。

害羞的奎元給的回答也很害羞，但不管怎麼說，那就是「ＹＥＳ」的意思。所以如今花英沒有了顧慮，他要調教身下的這個男人。就像在白紙上作畫一樣，他要塗上他想要的顏色跟喜好——他得到了可以這麼做的權利！

如同奎元所說，他變成了專屬花英的騷貨。雖然現實中，如果奎元是個騷貨，花英不應該喜歡上他，但不管怎樣說，奎元都是他的專屬奴隸了。

「再試著含深一點，對，再深一點。」

奎元聽從花英說的話，拚命將性器含入嘴裡。看著奎元眼裡因為快要窒息而產生的生理性淚水，腦海中的情欲彷彿瞬間降為零，花英長嘆一口氣。

「趴下。」

花英從奎元身上退下來，確認了一下自己的性器。直挺挺的性器就是一般男人常說的巨龍，而這隻巨龍襯托著花英的殘酷。以男人來說最優秀的身體趴下的瞬間，花英騎到他的背上，一把抓住奎元的頭髮後按到床上，低聲道：

「裝得像條狗一樣悲慘一點，不過你是隻貓呢。」

花英的語調變成奎元最喜歡的口吻，使奎元渾身發顫，等著花英甜美又殘忍的命令。

花英說：「哭得漂亮點。」

「喵～」

奎元照著花英喜歡的方式低泣，同時撐開後穴。然後即使知道花英正看著自己的穴口，他仍插入手指，把後穴撐開。

如果一開始就直接進入遊戲就好了，但因為花英中途才改變態度，奎元不禁感到緊張，無法輕易做到要求而十分著急。當後穴開始放鬆，終於可以插入兩根手指時，臀部伴隨著啪！的聲響，陣陣發痛。

「不像話，我要你練習，你都當成耳邊風嗎？」

花英看見臀部發麻，穴口收緊的模樣，又往臀部打了一下。

「唔呼……！」

奎元發出呻吟。

「報數跟問候呢？」

花英大聲喝斥，奎元的肩膀就縮起來，令人覺得可憐。花英再次拍打他的臀部。

「唔……三……謝謝您。」

在他鄭重對待奎元的身體時，絲毫沒有動靜的性器，現在流出了清澈的液體。花英的手重重落下，還不如兩片臀瓣一起打，但花英只打右邊的臀瓣。

只有一邊傳來火熱的痛感，讓奎元有些焦躁，另一邊也想挨打，他希望另一邊也變得火熱熱的。隨著時間經過，奎元不自覺地悄悄擺動臀部，花英一邊狠狠拍打奎元的臀部，一邊大喊：

「還不給我安分點！」

那聲怒吼讓奎元的身子一僵，他的後穴已經溼了。像是知道臀部挨打完，就必須敞開後穴一樣自己溼了一片——那是調教的成果。

三十下。花英知道，一邊臀瓣極為滾燙，另一邊卻沒挨打會讓奎元難受到瘋掉，但奎元無法好好提出要求，也無法哀求，因為花英是這樣教他的。

所以奎元連續挨打後，只是回頭望著花英，期盼他能明白他的心思，就像人魚公主一樣。如果人魚公主聽到，應該會從海裡跳出來吧。花英想到這裡笑了出來，奎元則一邊顫抖一邊喊著「喵～」。

「這副淫蕩的身體，我還能期待什麼？」

花英一邊說一邊擰了一把奎元紅腫的臀瓣。

奎元發出「嗯～」的呻吟，花英的手便緩緩往下移，撫摸著溼潤的入口，低聲說了句「真淫蕩」。花英的手滑過會陰部，移動到前方握住奎元的性器。只用強勁的力道握住變敏感的性器還不夠，花英還豎起了指甲。

「求我吧，咪咪。」

花英叫他咪咪的瞬間，奎元從齒縫間流洩出「啊啊……」的嬌吟聲。

被當成寵物，呼吸開始急促起來的奎元非常小聲地說：「另一邊也……拜託您。」

本來就說得很小聲，加上那張滿是羞恥的臉低著，就更聽不清楚了。花英抓著奎元的頭髮，拉起他的頭。

「確確實實地求我，是一隻貓就別有什麼羞恥心。」

話雖如此，花英非常清楚奎元無法拋開那股羞恥感。不對，還不如做一堆羞恥的事，然後就算事後花英忘了，奎元也忘不了，反而會再三回味，讓自己更抬不起頭。大部分的臣服者都是這樣，所以才更可愛。

奎元不知道該怎麼開口，猶豫不決。花英想再折磨他一會，但想起「普通的做愛」後渾身一僵。奇怪，一開始確實是那樣沒錯，但一回過神就變成這樣了。花英決定少折磨奎元一點，溫柔地開口道：

「哪邊想挨打？」

但奎元跟花英不一樣，他心想「開始了吧？」，然後像在對花英的找碴求情，咬疼自己的嘴唇。

「屁股……」

在奎元講完之前，花英打斷他的話。

「不是打過了？」

「另一邊。」

聽見這句話，花英笑了，輕快地笑了。他低聲說：

「你要求我啊，要說請打另一邊屁股，說咪咪的屁股癢，然後可愛地喵一聲。」
花英用疼愛的眼神看著奎元一顫一顫的臀部。奎元擠出聲音說：
「咪咪……」
花英用嘴唇搔弄奎元的耳朵，然後輕輕一咬。奎元因為搔癢感而渾身顫抖，開口道：「屁股、癢，所以……請您……打我。」
奎元結結巴巴的樣子太可愛了，花英獎勵似的輕咬他的後頸。身體再度不停發顫的奎元回頭看向花英，朦朧的目光很是挑逗。
「喵～」
只被允許發出這個聲音，奎元努力地提出請求。
只有一片臀瓣發燙讓他難以忍受，那種感覺要熱不熱的，身體無法徹底發燙、讓腦袋無法思考，止步於此的焦躁感讓奎元不斷發出貓叫聲。
花英欣賞著奎元趴著扭動的模樣，如奎元所願，狠狠地打上另一片臀瓣。「謝謝您」這句話好幾次都鯁在喉頭，無法說出來，花英就生氣地命令奎元「好好說出口！」，然後更用力地打上臀瓣。
但是奎元沒辦法好好說話，他撕扯著床單，努力抬起臀部。
有時候花英會使壞，用指甲搔刮奎元腫起來的臀瓣。雖然痛到咬緊嘴唇，奎元的性器卻流下液體，好幾次都努力忍著快要射精的感覺。羞辱的行為加深奎元的羞恥心，一邊被打屁股一邊喊著謝謝您，又擔心會射出來而用盡全身力氣忍耐，而且如果把力氣用在前面，屁股就一定會闔上。

花英見到他的這副德行又笑出聲，他用手指彈弄穴口來代替摸頭，然後壞心地說：

「淫蕩的貓咪，夾得這麼緊。」

花英咂嘴的聲音讓奎元難以忍下「唔嗯……」的呻吟，拱起背。

看著臀瓣上完整的鮮紅手印，花英一臉滿意地打開奎元的臀部。由於之前奎元必須苦苦哀求，花英才會插進來，奎元的背部肌肉因為期待和恐懼而發顫。

花英雙手握住奎元緊繃的腰肢，流瀉出低沉的笑聲。

「真期待啊，心臟怦通怦通跳。」

然後花英粗魯地插進奎元尚未完全溼潤的後穴。

「啊……啊！」奎元大喊出聲。

花英沒有放過他，粗暴地擺動著。比起痛苦，奎元更沉浸在歡愉中，並在恍惚之間抓破了床單。

身形巨大的男人就像色情女演員一樣哭喊著，只有臀部勉強高高抬起。這個樣子的他既可愛，又煽動花英的施虐欲。

花英逼問道：「喜歡嗎？你現在正在被強姦喔，你喜歡這種待遇嗎？」聲音裡帶著亢奮之情，讓人感覺更殘酷。

奎元回答了好幾次。

「喜歡，喜歡，嗯、啊啊！喜歡、那裡太……啊，喜歡、好大力！要裂開了，洞口裂……啊，嗯、啊啊！呼……！」

看著那張狼狽不堪的臉，殘忍的情緒更濃烈了。

花英就算氣喘吁吁也沒停下來，繼續輕聲低語地羞辱奎元。

「你很淫蕩，對吧？唔！你啊，哈！你真淫蕩，淫蕩的男人，你叫得比……呼，女人還要淫蕩吧，嗯？」

奎元的後穴已經麻木了，花英用極其粗暴的動作彰顯自己的存在。

那裡被人支配的心情讓人歡喜難耐。遭到束縛、被人支配，自己的一切——就連身上悽慘又醜陋的東西——都開始融化，被人吞噬，這感覺令人著迷。

「嗯，啊啊，好舒服，那裡，好舒服……呼！唔！那裡、那裡……好舒服，我……喔！我好像……要死……啊啊啊……快射了……！請您、請您……幫我握著……啊嗯！啊！呼唔……！」

霎那間，花英用手掌狠狠打上奎元的臀部。

「再夾緊一點！好好服侍我！」

花英的鞭打變得更甜蜜了。雖然鞭子落上臀部的時候，快感會暫時停止，但在那之後又會伴隨著炙熱感襲來。看著奎元拚命忍著不高潮、搖著頭的模樣，花英一把抓住奎元的頭髮。脖子被彎折到最極限，那股痛楚讓奎元呻吟了一會，花英在他耳邊允許道：

「你可以射了。」

一鬆手，花英立刻在身後做最後衝刺，奎元默默忍受著發出撞擊聲的粗魯動作。雖然花英允許他射精了，但奎元不想，在花英高潮之前，他不想射。

為了忘掉那股快感，奎元咬住嘴唇，夾緊後穴，讓花英盡快高潮。每當他縮緊後穴，花英的喉嚨就會發出笑聲。

「這淫蕩的後穴，真的、跟你好配。讓人深深著迷……實在、實在太可愛了。」

花英的嘴裡吐出羞恥的話。

就在花英大力頂進去的同時，有液體從奎元的後穴裡湧出來。意識到花英在自己體內達到高潮的那一刻，奎元也拱起背射精了。

他的後穴緊緊縮起，使花英呻吟道：「夾得……太緊了。」

黏膜用力絞緊，像要榨乾精液一樣，花英一口咬上奎元的肩膀。

「真淫蕩。」

那一刻，奎元央求道：「再一次，請再咬我一次，再咬……」

他喜歡疼痛，炙熱的感覺與快感融合在一起，讓快感更加強烈。

「拜託，花英先生……我最喜歡被您咬了……啊，請您再咬我一次……再一次……」

花英聽著奎元哀求，張嘴狠狠地咬下去。

「啊啊啊啊啊！」

奎元發出呻吟，後穴夾得更緊了。表情開心得不得了的奎元渾身不停顫抖，而花英在心裡數到十，然後慢慢鬆開嘴。

發麻的肩膀逐漸感到痛楚，奎元大喊著：「嗯——！這樣好舒服……嗯！」臉頰在床單上磨蹭。

等著奎元射精的花英，在奎元高潮結束後說：「善後處理也得做喔。」

他慢慢拔出性器，慢到奎元可以清楚感受到黏膜被往外拉，後穴敞開，精液往外流，甚至像在排泄。

液體不停往外流，奎元發出「咿咿！」的奇妙叫聲。

「把後穴打開，讓它流更多出來。」

聽從花英的命令，奎元抬起無法順利活動的腰肢，用手指抽插自己的後穴。每當手指觸碰到紅腫的肛門，就會傳來熱辣的刺痛感，但奎元呻吟出聲，服從著花英的命令。

方才花英的性器粗魯進出過的後穴被輕易打開，一敞開，穴口就流出體內的液體。精液沿著股溝和大腿流下來，帶給奎元鮮明的感受，彷彿有蟲子爬過。

花英豎起指甲，抓住奎元的臀部。

「這個由你自己處理，以後把這個後戲也加進遊戲裡吧，咪咪。」

奎元的臀部一顫一顫地發抖，等到差不多都流出來時，花英在奎元身邊躺下，要求道：

「來，我的也要清理一下。」

奎元知道那道命令是什麼意思，他依舊翹著屁股，像野獸一樣爬到花英身上。就在他要把花英的性器含進嘴裡之前，花英出聲制止他，他抬眼看向花英。

那順從的目光像在等待命令，凶狠的臉龐毫無抗拒，滿是服從。這副模樣太可愛，花英拚命忍著想抱住他的衝動。

「你應該說『我來為您做清理』再開始動作。」

花英溫柔的口吻像在對小學生輕聲低語，內容卻相當殘忍。不過這番話也只讓奎元臉紅而已，他垂眼看著花英的性器，開口道：「我……」

但話還沒說完他又嚥了嚥口水，這才慢慢開口。

「我來為您做……清理……」

接著他張嘴含住花英的性器。

噙住沾滿精液跟不曉得是什麼液體的性器，奎元很慶幸自己事先浣腸過了。酸甜的味道在嘴裡擴散開來，大致上清理得差不多時，花英的嘴裡吐出露骨的字眼。

「再舔乾淨一點，每個角落都用舌頭舔乾淨。殘渣也要全部舔掉，睪丸也是。」

安靜的房間裡響起嘖嘖的舔舐聲，花英寵愛地俯視著因為那丟臉的聲響，垂下眼眸的奎元。舔了好一會，花英一說「可以了」，奎元就鬆開嘴。

「要幫您清洗嗎？」

花英靠在趴著的奎元背上問。

奎元搖搖頭，花英調皮地拍了一下紅腫的屁股後下床。

跟平常不同，花英沒有說「結束」或「辛苦了」這些話，那是在告知他們心意相通，他們之間的關係跟以前不一樣了。

不一樣了……伴隨著快感和恐懼湧上的某種情感令奎元感到混亂。

花英是他夢寐以求的人，而他是一個無法平等愛著他人的人，所以站在奎元的立場來說，這個結果可以說是「美好的結局」。但花英要求建立足以動搖生活的愉虐關係，讓奎元的腦袋裡滿是不曉得未來該怎麼辦的苦惱，十分不安。他想起一位男傭兵同事的話。

『有個漂亮至極的女人，但你們是一夜情，你當然不知道她有沒有性病。如果真的衰到極點，對方搞不好是一位愛滋病患者。但如果是你，你會因為對方也許是愛滋病患者就放棄嗎？』

那名同事說著那番話，卻總是在賭，然後賭到傾家蕩產。

奎元即使一臉不安仍擠出笑容。

他不想逃，他喜歡這個叫尹花英的人，也喜歡身為主人的花英。這是他第一次談戀愛，同時也是愉虐關係，他不能退縮。他在炮彈滿天飛的戰場都沒退縮了，更何況是在夢想即將成真的當下，要是猶豫不決就太不像話了，他決定要勇敢一點。

‡

「我以前想成為一名醫生。」

花英的手小心翼翼地在奎元的臀部上來回撫摸，而奎元的頭髮還沒全乾，在頭髮刺進眼睛並蹙起眉頭的狀態下聽花英講故事。

花英當醫生，他覺得很適合。花英為人親切體貼，做愛完一定會替他上藥，從這方面來看也很適合。而且他也有果斷的一面，根本是天生要當醫生的料，但花英為何會選擇當會計師呢？

花英似乎能理解奎元的疑問，噗哧一笑。

「不覺得非常適合我嗎？我當時不曉得自己該做什麼，因為太適合我了。」

那麼說的花英在奎元的背上輕吻了一下，然後續道：

「選牙科的話，我可能會因為診療椅上來一個像奎元哥這樣的男人，結果看得太入迷，不小心把對方的牙齒全部磨光，對吧？外科的話，除了大腸直腸外科，我還能去哪裡？我想了好幾個科別，但都覺得不行。我覺得面對人對我來說有點為難自己，那還不如玩數字遊戲。」

臀部、肛門還有自己咬過的肩膀，花英一一慎重地檢查過後，這才在奎元身邊躺下。

「如果有像奎元哥這樣的患者進來，我應該會不管三七二十一就撲上去。我沒有信心能做到公私不分。最重要的是，哥……」不停說著的花英看向奎元。

奎元一臉慌張地把頭別開，但花英盯著那張泛紅的臉思考了一會，噗哧一笑。

「奎元哥？」

奎元的臉更紅了。

「您不喜歡我叫您奎元哥嗎？」

明知道奎元不是因為不喜歡自己這樣叫他，花英還是壞心地問道。

聽見奎元回答說：「不是……」花英笑了。

此時，傳來一陣敲門聲。

「來了。」

花英緩緩走向門邊時，奎元趕緊穿上褲子。

花英叫他奎元哥的聲音太令人害羞了。他叫他哥？溫柔、細心、有點惡作劇的這個稱呼好甜蜜，耳朵跟腦袋都酥酥麻麻的。雖然他想讓通紅的臉不要那麼明顯，卻不怎麼有用，只好在心裡跟自己說沒關係，他的臉沒有紅到那個地步才對，最重要的是，他黝黑的肌膚應該能遮掩過去。

花英一打開門，就對眼前的俱樂部經理皺起眉頭。從他抓準時間過來的情況來看，他肯定一直盯著監視器。

和奎元成為戀人後，花英開始對至今為止總拿安全當藉口，視而不見的事感到反感。他在心裡決定再也不來這裡了。

俱樂部經理彷彿知道花英為何不悅，飛快地把監控錄影帶交到他手上，然後問：

「如果您方便，能不能聊聊……」

他身旁是被揍得鼻青臉腫的允浩，看起來被揍得滿慘的，但花英一點也不同情他。被俱樂部經理揍，總好過花英親自動手。

花英走出房間後關上門，點點頭。這是示意俱樂部經理繼續說下去，同時宣告不讓他們進去房裡。俱樂部經理一臉難看地開口：

「允浩，快說啊。」

他似乎不想跟咄咄逼人的花英說話。

在俱樂部經理的催促下，臉上五彩繽紛的允浩開口了。

「確實……是我截下您的監控畫面，傳真到您公司的，但賓士不是我砸的。」

花英擺明了一臉不信，而允浩大喊：「真的，我有證據！」雖然做了那樣的事，但他似乎不想被花英討厭，滿臉迫切。

花英問：「證據？」然後瞥向俱樂部經理。

「是真的。那天……允浩被我吩咐去做別的事，出差了。我確認過，他離開出差地點時是早上九點，所以賓士似乎是其他人砸的。」

花英來來回回看著俱樂部經理跟允浩好一陣子。賓士的維修費一億韓元是筆大錢，他在思考他們是不是為了解決那筆錢而耍手段。其實，不用猜就有結論了，基於他們知道他是尹家的小兒子，搞小手段的可能性顯然很低。

為了確實確認，花英問：「經理，您能替他做擔保嗎？」

假如有一丁點猶豫，他會毫不留情地轉身離開。但俱樂部經理一臉慎重，毫不猶豫地點點頭。

也就是說跟蹤狂另有其人……事情往糟糕的方向發展了。

「你跟蹤過我嗎？」

聽見花英的問題，允浩指著自己說：「我嗎？」

花英點點頭後，允浩連忙搖頭，一臉不可置信。

花英差點嘆氣，但還是習慣性地掛上微笑。

「知道了，那邊我會自己看著辦，如果抓到人會跟您連繫，讓您能拿到賓士的維修費。」

說完後，花英行了個注目禮，打算回房間的那一刻，俱樂部經理喊道：「花英大人。」

花英沒有轉動門把便回過頭。

「什麼事？」

「雖然不曉得您是怎麼想的，但……最近氣氛不是很好，希望您小心一點。」

沒頭沒尾地說出這麼一句話，花英無法理解，轉頭看向俱樂部經理。

面對花英一臉「什麼意思？」的表情，俱樂部經理低聲道：

「這個圈子裡都傳開了，說您找到了自己的奴隸。還請您別忘了自己在這個圈子是什麼樣的存在。」

這番話讓花英輕聲笑了，因為他還真的不知道。他問：

「是什麼樣的存在？」

花英的話讓俱樂部經理跟允浩看著彼此。他們像要找出一個形容詞，各自皺著一張臉，但允浩猶豫了一會，吐出一個詞。

「偶、偶像……？」

這個形容詞讓花英傻眼不已，打開房門。

「我都幾歲了，還偶像！」

那冰冷的聲音裡感受不到絲毫重新考慮的餘地。

他打開門時，奎元就站在門前。他掃了俱樂部經理跟允浩一眼，然後慢慢側過身。

花英一進入房間，奎元立刻關上門。

兩人沉默了一會，率先打破沉默的是花英。

「奎元哥，您幹嘛偷聽啊？多令人難為情，哎喲。」

雖然花英開玩笑似的這麼說，但奎元完全沒有笑。意識到那張冰冷、索然無味的臉上是工作時的態度，花英皺起單邊眉頭。果不其然，奎元低聲道：「這樣的話，就是還有另一個跟蹤狂。」然後看向花英。

花英在他尋求意見的注視下聳聳肩。

「唉……放著不管的話，自己就會出現了吧。」

花英的意思聽起來就像「如果沒出現就算了」，使奎元瞪大雙眼。

「什麼？」

「如果對方出現了就教訓他，如果沒出現就維持現狀吧。」花英又補了一句：「如果對方不出現，不是該感激他嗎？」

他一把拉過奎元，讓對方躺到床上，然後自己枕在他的手臂上，俊臉在他胸口磨蹭。雖然這天真又性感的舉動讓奎元心裡小鹿亂撞，但奎元不能不跟他確認。

「您不會感到不安嗎？」

知道有人正盯著自己，那份感情會誘發極度的恐懼。因為不曉得什麼時候會有一把槍抵著自己的太陽穴，最終只會被逼得歇斯底里，但是花英回答得十分平靜。

「還好。」

察覺到自己的回答讓奎元面露困惑，花英曖昧地笑了。

「我本來就有點單純，大概是因為看不見，也沒有想像力嚇自己吧……或許我的想像力都用在性愛這一方面了。」

花英的笑聲很輕快，奎元心裡卻殘留著些許疙瘩。這是他見到花英以來，第一次感覺到不對勁。

‡

花英眉開眼笑地仰望著奎元。他沒有錯過奎元五官鮮明、看起來冷酷無情的臉上，混雜著些許不安、期待與難為情。

察覺到那道陰影的人只有他，這讓花英更暗自竊喜。彷彿窺探到奎元不為人知一面的感覺滿足了花英的偷窺癖，他面帶笑容地拿起紅寶石耳環。

「您喜歡嗎？」

花英的視線稍微掠過奎元的胸口就消失了，像在打量著什麼。而奎元尷尬地笑著點頭，但事實上他看都沒看向那個耳環一眼。

花英一邊細細欣賞著奎元害羞的模樣，一邊輕聲笑著。奎元真的太可愛了，所以他決定再享受一會。

花英拿起紅寶石旁的藍寶石，低聲說：「這個怎麼樣？啊，果然還是要紅色的嗎？」

每當這個時候，奎元慌張的臉龐就會擠眉弄眼、眼神微微左顧右盼，藉此迴避他的視線。拿起鑽石又放回去的花英，買了最初一眼看中的紅寶石。

「唉，花英先生真是的……比我想的還要……壞心眼。」

奎元斟酌了措辭半天，花英聽到便笑了，但奎元沒有再多說什麼。雖然花英的行為讓他很為難，可是有一半是喜悅的情感折磨著他，讓他十分幸福。

花英一邊坐進車裡一邊低聲道：

「您就是喜歡我壞心眼吧？」

這句話讓奎元無奈地笑了，花英也被奎元的笑影響，一起笑著。當他問奎元「我們接下來要去哪裡？」的時候，奎元臉上的笑容瞬間消失。
「現在是不是走錯方向了？」
花英看著車窗外的景色這麼說，但奎元說：「別回頭。沒錯，我多轉了一圈……我們被跟蹤了。」
花英聽完皺著一張臉，笑道：「啊，因為他知道這臺車上有個小可愛。」
那開玩笑的口吻讓奎元噗哧一笑，冷靜下來的頭腦再次找回從容，但花英接下來的話差點讓奎元一頭撞上方向盤。
「總之，有個這麼漂亮的戀人真困擾，如果有人想偷走我可愛的哥怎麼辦？」
不敢問他「漂亮的戀人」是誰，奎元這次露出有些牽強的笑容。
在花英眼裡，是真的覺得他漂亮嗎？奎元偷瞄了一眼後視鏡，不是為了確認後面尾隨的車輛，而是為了確認自己的長相，不由得懷疑起花英的視力。
「不好意思，花英先生。」
奎元一開口，花英馬上回答：「兩眼視力一點八，我的視力真的很好。」
奎元說不出半句話，一副支吾其詞的樣子，但花英說：
「我的視力很好，觀察力也不錯，一眼就看出哥是臣服者了，呵呵……不過話說回來，如果跟蹤我們的車子是那輛黑色Grandeur，那還真眼熟啊。」花英露出優雅的笑容說：「這又是個反轉呢。」

說完，他拿出手機撥了個號碼。

「喂？二哥？」花英開口。

雖然從花英說眼熟的那一刻起，奎元就覺得有這個可能，但沒想到真的是他哥哥，奎元有點慌張。

瞥見奎元神情的花英對手機說：「哥，停車，我們面對面聊聊吧。」然後對奎元使眼色。

奎元把車平穩地停在路邊，相隔一輛車距離的後方，那輛一直跟著他們的 Grandeur 也立刻停了下來。花英說了句「稍等一下」，得到奎元諒解後下車，闊步朝後車走去。

花英在 Grandeur 的車窗上叩叩敲了兩聲，車窗立刻降下來。花英的二哥尹驥英露出尷尬的微笑說：「嗨，花英。」

「你在幹嘛？為什麼跟著我？」

花英面帶笑容地低頭看著驥英，聽他用辯解的口氣嘟囔說道：

「爸爸說他擔心你，一直很生氣，你也知道啊。」

就算他不是二十七歲，而是三十七歲，在哥哥們眼裡永遠都是他們的弟弟，在父親眼中也永遠是小兒子。

「夠了，我又不是兩三歲的孩子了。而且你們不是給我配了保鑣嗎？」

花英一臉笑咪咪的，驥英卻突然臉色大變，怒不可遏地吼道：

「……你跟那個保鑣！！……算了。」

所有的怒火最後都化成了一句「算了」。

花英低聲說：「明明連話都講不出口。」

驥英聽了大喊一聲「你！」，然後又以一句「……算了」收尾。

「別跟過來，你很礙事啊。」

花英的話讓驥英毫不掩飾地皺起眉，花英聳聳肩。

「哥，你之前也跟蹤過我吧？」

花英確認性地問道後，驥英點點頭。這麼說來，跟蹤的人就是驥英了。

這樣的話，砸毀賓士、在玄關大門塗鴉的是誰？雖然花英沒有告訴奎元，但他曾接到奇怪的電話。他換號碼之後那個電話就沒再打來過，而且他換新號碼的那天就遇到了奎元。

花英一一仔細回想，沒有說話時，驥英小心翼翼地問：「情況是不是很嚴重？」

「還沒有嚴重到需要哥哥們跟爸爸擔心的程度。」

花英笑著擺擺手，可是驥英把手伸出車窗，握住花英的手。他一臉認真地仔細看著小弟溫和的臉。

「我還沒無知到會給你添麻煩，你儘管說，我會用你想要的方式幫你。不論是跟蹤狂……

還是開公司也好。」

「又來了，又來了，該死的開公司。哥，我跟你說過很多次了，就算開了公司也不會有客人來。而且，就算想開公司，也得先熬個十年！」

花英笑了，而驥英抱怨道：「別人都做得很好啊。」

花英就用力拍了一下車門。

他的哥哥們跟爸爸什麼都好，最大的問題就是把他想得太厲害了。這圈子裡不知道有多少聰明人，別說他的大學同學了，還有留學回來的人們，優秀的人形形色色，就只有他父親跟哥哥們認為他是最優秀的。

他曾認認真真地提過這件事，但大哥說：『他們也長得跟你一樣好看嗎？』至此，花英就不再提起這件事了。老王賣瓜，自賣自誇，在他們眼裡，自家弟弟就是最棒的，他還能跟他們說什麼呢？

「總之，哥你……」正在講話的花英轉頭看向突然籠罩住自己的陰影。

不過那道陰影抱住花英後迅速轉身，因此花英被比自己高出一顆頭的人抱在懷裡，轉了一圈。花英抬頭看向奎元，說著「哥？」的時候，奎元就抓住他的右手，用力推開花英。

奎元倏地朝某個往遠方逃跑的人影追去，匆忙跳下 Grandeur 的驥英跟手下紛紛大喊：「花英，發生什麼事了？」「小少爺，您沒事吧？」

與此同時，花英腦袋一片空白地看著落在自己眼前的液體。

抬起視線，看到碰到液體的袖子被燒破一個洞的那一刻，花英衝了出去。

第四章

「別管他媽的畜生了！」

花英說什麼都緊抓著奎元不放，把他往回拖，並朝倉促間一起跑來的自家二哥大喊：

「哥，看好這畜生，知道嗎！」把奎元抓到的男人交到驥英手裡後，花英一把拉走奎元。

雖然不曉得是硫酸還是鹽酸，但那分明是有腐蝕性的液體。雖然他自己沒事，可是奎元的皮鞋都燒出一個洞了。

花英跪在奎元面前抓住那隻腳，脫掉破洞的皮鞋，發現連襪子也被腐蝕了。當他脫掉襪子時，奎元嘴裡這才發出呻吟。

「哥！」

聽見花英的驚呼，驥英把男人交給手下，朝花英他們走去。他一看見燒得焦黑的皮膚，馬上大喊：「把車開來，快！」

一名手下趕緊跑去開車，沒多久 Grandeur 就停在他們前面。花英扶奎元坐進車內，自己跟著坐到他旁邊，然後冷酷地關上車門大喊：

「醫院！最近的醫院！」

車子行駛的期間，花英問奎元：「水，這是不是應該用水稀釋？」奎元回道：「我不太清楚。」聞言，花英咬緊嘴唇。

「聽說應該要用水稀釋，車裡有水嗎？礦泉水也好，什麼水都行！」

聽見花英的話，開車的男人將一罐放在副駕駛座的礦泉水交給他。花英慢慢把水倒在傷口上，奎元發出「唔唔……」壓抑的呻吟。

一進入急診室，有位護理師上前問：「怎麼了嗎？您先去掛號……」

花英一把抓住這位護理師，把臉湊過去。

「鹽酸！有人潑鹽酸！」

迎上那張蒼白的臉，護理師馬上跑遠。多虧她推了病床過來，他們可以立刻移動奎元。

「不是很濃的鹽酸，運氣不錯，用水稀釋的處置也做得很好，不過還是得住院，燒傷有點嚴重，沾到鹽酸的布料範圍不小，燒傷的範圍很廣。」

年輕醫師的話讓花英一下跌坐在椅子上。那張嚇到慘白的臉讓奎元心裡很難受，他抬起手貼上花英的臉頰。

花英比受傷的自己受到更多驚嚇，雖然他不斷低聲跟花英說「我沒事」，但花英幾乎聽不見。

這時，花英突然吐出一句話：「那個畜生，我要宰了他。」

奎元大吃一驚，緊緊抓住花英並把額頭貼上他的。那一刻，雖然他明確地感受到急診室裡冰冷的空氣，但對奎元來說，最重要的是阻止花英預謀殺人。

「花英啊，尹花英。」

他喊了好幾聲，花英都沒聽見，奎元最後只好下重藥，用隨意的口吻叫他。果然，花英這次微弱地答了一聲「嗯」，那個回答讓人清楚感受到他聽見了，卻不怎麼想聽的意思。奎元長嘆一口氣，安撫花英。

「花英啊，我沒事，真的沒事，所以你別擔心……」

這番話讓花英咬牙切齒地問：

「哥，如果我像你一樣被鹽酸燒傷，你還能這麼淡定嗎？還覺得沒什麼？」

花英的話讓奎元低聲笑了。

「那當然會生氣啊……不過現在你平平安安的，我就很開心了，真的。」

奎元的話既溫暖又溫柔，花英為了忍住突然湧上來的眼淚，吞下好幾口口水。他勉強地輕聲一笑，看見那笑容，奎元放下心來，也一起露出了笑容。

突然間，急診室裡傳來「啊啊啊」的聲音，奎元往急診室裡面一看。對上眼的那一刻，人們都在做自己的事，喊痛的喊痛，呻吟的呻吟，然後跟奎元目光相對的孩子哭著哭著，像喘不過氣似的開始打嗝。打嗝聲莫名地清晰，讓奎元覺得很難為情。

那天，某大學醫院的急診室非常安靜，病患很多但很安靜。花英覺得不太對勁，走出急診室時，聽到護理師與同事竊竊私語：「聽說來了黑道。」

去你媽的黑道，花英癟癟嘴。

‡

尹驥英覺得非常傷腦筋。根據跟去醫院的手下報告，對方潑的不是很濃的鹽酸，但小少爺的臉色非常難看。從這點來看，花英明顯氣炸了。

花英真的跟那個體格像座山，長得一臉凶神惡煞的傢伙在交往嗎？如果他們真的在一起了……考慮到花英的個性，搞不好會衝上來，一刀砍下那個跟蹤狂的頭，他們家老么本來就是一個本性善良、漂亮、看重自己人的人。

其實得知花英的性癖時，他是最先投降的人。

如果花英要尹驥英把人交出來，尹驥英是最有可能把生魚片刀遞給花英，還幫他抓住跟蹤狂脖子的人。雖然父親跟大哥都說「絕對、絕對不能把跟蹤狂交給花英，那不是為了花英好，而是把他推入地獄」，但驥英覺得只要不被發現就好了。萬一真的不幸東窗事發，只要他去自首，說是他殺的就好了。比起身為普通人的花英，作為幫派第二把交椅的他不是更有說服力嗎？

而且他氣得頭皮發麻。那個男人想對花英潑鹽酸，他居然想朝花英的臉潑鹽酸，怎麼會有這種該死的混帳！根本死不足惜。若非花英氣得咬牙切齒，他早就自己動手處理了。這不上不下的心情讓驥英爆打對方一頓，然後把自己扔到沙發上。

他叼起菸，隨侍在側的手下立刻幫他點火。即使嘴裡吐出嗆人的煙霧，混亂的腦袋還是沒有變得比較清楚。

因為不論是半隱退的父親尹秀鋏，還是幫派事務繁忙的大哥尹震英，兩人都對花英差點被人潑鹽酸這件事憤怒得異常冷靜，驥英看著眼前這個長得漂漂亮亮的男人，心煩意亂。

「你，有護照吧？」

驥英的一句話讓男人臉色鐵青。

那一刻，門被打開，花英衝了進來。在驥英有所行動前，花英頃刻間抓起男人的衣領。不過，也只是抓著對方的衣領而已，因為他連拳頭都沒舉起。驥英抬手制止想上前攔阻花英的手下，讓他們按兵不動。

「讓我聽聽你到底對我有何居心吧。」

男人直盯著花英，低頭看著花英那張臉和抓著自己衣領的手，露出微笑。

「好久不見啊。」

這句話令花英蹙起眉頭。可能是被打得面目全非的關係，他對眼前這個男人絲毫沒有印象。這是誰？花英沉默不語時，男人開口：

「您認識具成俊吧？」

花英一點頭，對方就低喃道：「我是那位的臣服者，跟您……偶爾會碰面。」花英這次是真的不知道該說什麼了。

成俊跟花英是不一樣的支配者，跟花英喜歡欣賞對方難堪模樣的喜好不同，成俊是喜歡欣賞對方痛苦的樣子，所以成俊來往的對象中，有受虐狂傾向的人比臣服者傾向的人還要多。成俊會玩沒有性愛的遊戲，就算做愛，也不會玩普通的玩法。他愛玩強姦遊戲，有時候會讓自己之外的人為對方帶來痛苦。

花英偶爾會參與其中，主要是對成俊有所虧欠時，用來還債。成俊會將所有遊戲交給花英，然後享受在一旁觀賞的過程。看來他似乎是當時的男人。

「喔～」

花英雖然裝作想起對方的樣子，但實際上根本不知道他是誰。

不管怎樣，男人說自己是成俊的臣服者，讓花英更無言了。成俊的臣服者為什麼要對他做這種事？

花英問：「所以你為什麼要對我做這種事？」
男人顫著肩膀笑了，他是真心覺得花英問的問題很可笑。
花英一把抓緊對方的衣領，男人才勉強忍下笑意。花英用冷冰冰的表情問：
「我問你為什麼要這麼做啊，好好回答我。」
聞言，男人咬牙切齒。
「你強姦我。」
這句話讓花英「砰！」地一聲，把男人推到牆上。
「我？我對你？」
男人一說「沒錯」，花英馬上低聲道：「少胡說八道。」
不論他怎麼回想以前那些想不起來的往事，他都不曾強姦過別人。居然說他強姦他，太不像話了，根本是胡說八道。
花英大喊：「我強姦你？什麼時候！」
男人敷衍地回答：「有好幾次。」
花英頓時說不出話。
「什麼意思……你給我說清楚，你說我什麼時候、怎麼強姦你的？」
聞言，男人大喊：「你總是強姦我！」

花英把男人推倒在地，一屁股坐上驥英前面的沙發，馬上拿出手機。
『哎呀，這是誰啊？最近是不是太常打給我了？親愛的。』
成俊什麼都不曉得就開起玩笑。
花英對成俊大喊了一聲「閉嘴！」，但他吼完反而不知道該怎麼提起眼前這男人的事，他連對方叫什麼名字都不曉得。
最後花英搖搖晃晃地站起來，用腳尖踢了踢倒在地上的男人問道：「名字。」
男人趴在地上，又輕聲笑了。
「洞洞，這麼說他就知道了。」
因為這令人摸不著頭緒的男人，花英覺得自己快瘋了。他拚命壓抑著脾氣，對成俊開口道：
「你的臣服者裡有個叫自己洞洞的男人，你知道是誰嗎？」
『喔～我家可愛的洞洞，他怎麼了？插過幾次後看上了？』
雖然成俊依舊笑著說話，但當花英低吼「他說我強姦他是什麼意思？」，成俊馬上正經地問：
『……你在說什麼？你幹嘛強姦他？胡說八道，怎麼突然……』
「我才想問你呢。那混帳說我強姦他、對我潑鹽酸，所以奎元哥替我擋下來，住院了。託你的福，我現在都快瘋了。」

花英大口深吸一口氣後問道：

「這畜生說我總是強姦他，但我不曉得他在說什麼。我現在很想挖個坑把他埋了，這樣也行嗎？」

這番話讓具成俊冷聲低喃：

『他現在還屬於我……是我的臣服者。如果你那麼做，就算是你，我也不會放過你，尹花英。』

「那你就該管好你的臣服者。」

如果對有主人的臣服者動手，就等同於是與對方的主人宣戰。對花英來說，假如一個有主人的臣服者因為「花英這邊的事情」起衝突，最普遍的處理方法是由花英與對方的主人商議該如何處置。

花英厲聲地回應後，成俊在電話另一頭大嘆了一口氣。

『那件事還是先聽聽我的臣服者怎麼說吧。總之我會派人過去，你先把人交給我，我會查清楚。』

聽見成俊的話，花英搖頭說：「不行，奎元哥受傷了，我死都不會把人交給你。如果不想放過我，你就自己看著辦吧。」

花英冰冷的態度讓成俊低聲說：『我親自過去，我去找你，看看怎樣可以達成協議。總之我先過去找你。』

成俊到的時候已經超過晚上九點了。結實的身材搭配昂貴的西裝，將人襯托得更帥氣。成俊看見自己的臣服者臥倒在地上，雖然蹙起眉頭，卻沒有隨便抱怨。

「您好，伯父，哥哥們好久不見。」

雖然成俊厚著臉皮打招呼，但比他先抵達的尹秀鋏，還有他兩位兒子都只是點點頭，沒跟他打招呼。

成俊咂舌一聲。他從很久以前就跟這個特別偏愛小兒子的家族來往，所以也沒有特別失落或覺得自尊心受創。

成俊最後看向花英，只見花英冷著一張臉。看著那張打算凍死人的表情，成俊嘆了一口氣。

「成俊啊，你們聊完之後來見我一下。」

尹秀鋏站起來低聲道。

歲月似乎沒帶走他的殘酷，尹秀鋏的目光令人震懾。成俊朝尹秀鋏哈腰鞠躬，尹秀鋏不滿地咂嘴一聲便轉身離去，隨後尹秀鋏的手下們也跟著離開。

接著是尹震英。

「見過父親之後，也久違地跟我喝一杯吧。」

也不曉得是要跟成俊喝一杯，還是要把他片成生魚片，震英用寒氣逼人的臉色說完後，也在下屬的簇擁之下離開。

接著是驥英。驥英道：「嗯，離開之前來找我一趟，我有事要跟你說，也有事情要問你。」語畢，也跟著走了出去。

終於，鬧哄哄的辦公室裡只剩下幾位當事人了，花英這才對成俊打了聲招呼說：「來得真晚。」

「啊啊，抱歉，你也知道，暴發戶的兒子其實有點忙。如果只顧著玩，我爸會宰了我。你也很清楚我爸的個性啊。」

成俊輕鬆地打了個招呼，然後朝自己的臣服者走去。

臣服者開始渾身發抖。居然潑別人鹽酸，這不像他會做的事啊。成俊先把臣服者扶起來，而男人連頭都沒抬，只一臉害怕地站著。

「先坐下來再說吧。沒被打得太慘嘛……真是萬幸。」

嘴裡講著不曉得是真心還是假意的話，成俊讓臣服者坐在他身邊。那模樣讓花英的臉色一寒，用他那張能凍死人的臉燦爛一笑。

成俊從花英的表情看出他是真的生氣了，也跟著笑起。黑道少爺雖然不好惹，但暴發戶的兒子也不是只會吃吃喝喝，他有足夠的能力可以對付花英，不過問題是，現在的情況對他很不利。

要放棄臣服者也無所謂，但他必須避免「因為能力不足，把臣服者交給他人」的情形。雖然自從花英遇到了他從小夢寐以求的大貓後，似乎就對這圈子失去了興趣，但他不一樣，他獨特的性向讓他只能待在這小到不能再小的圈子裡。

「來，我們來好好問問吧。你說賢基怎麼了？」

聞言，花英問：「賢基是誰？」

成俊指著自己的臣服者說：「這孩子。」

花英叼起另一根菸，成俊熟練地替花英點火，然後瞥了一眼菸灰缸。菸灰缸很乾淨，看來他在哥哥跟爸爸面前不管有多氣也不曾叼著菸，成俊覺得這點很像他會做的事。

「你叫他本人自己說。」

方才父親跟哥哥們都在時，坐得端端正正的花英用不成體統的姿勢，像被單人座沙發環抱住似的躺在上面低聲道。他的嗤笑聲讓成俊覺得有點不妙。

成俊將視線轉向賢基。

「我問你，你就好好回答，做得到吧？賢基。」

賢基對成俊的話點點頭。

「你到底對花英做了什麼？」

賢基從一開始就不願開口。成俊看見花英仰頭吐出一口煙，內心浮現不得了的想法。他想分開花英那雙不斷晃動的腿，插進他的體內，那是他從很久以前就幻想過的淫蕩念頭。

即使他出神陷入這種幻想片刻，賢基依然緊閉著嘴，因此成俊只能轉頭問花英。

「你受到了什麼損害？」

「砸了我的賓士、在我家大門用噴漆寫了『變態』、打來我家，威脅說要縱火……要我繼續說嗎？」花英問道，眼裡看不到一絲慈悲。

這大概是因為，即使賢基對他做了那麼多事，最讓花英憤怒的就是奎元受傷，如果不是潑鹽酸，那還好處理，成俊對此感到惋惜。

「那些都是你做的？」

聽到成俊的問題，賢基沉重地點頭。

成俊沉默了一會後問：「你到底為什麼要那麼做？」

賢基低聲道：「我想私下跟您說。」

花英聽了立刻站起身。雖然成俊陷入一陣慌亂，他怕花英失去理智失控，但花英一句話都不說就往門口走去。

「我期待你會給我一個滿意的答覆，具成俊。」花英問：「你明白我是什麼意思吧？」

成俊回答：「當然。」表情不怎麼好看。

門一關上，成俊就抓住賢基的肩膀。

「你在想什麼？」

呆愣地望著如此質問他的成俊，賢基笑了。

「主人。」

看著小聲喊自己的賢基，成俊頷首，賢基則說：「我愛您。」

成俊一臉驚慌地看向賢基，賢基即使頂著一張被打得面目全非的臉，依舊掛著笑容。

「我知道，主人對我沒興趣。」

看賢基笑得一臉落寞哀傷，成俊用倉促的語速追問。

「你瘋了嗎？為什麼要在這時提什麼愛不愛的？」

這番話讓賢基皺起眉。

看著那張臉，成俊搖了搖他的肩膀。

「喂，你不知道現在這是哪裡嗎？你不知道自己幹了什麼好事嗎？花英他可是尹幫的小兒子，你剛剛見到的人叫尹秀鋏，尹秀鋏！你惹到黑道了。你想被賣到遠洋漁船上嗎？還是你真的想被當成奴隸賣掉？為什麼這麼不懂事？你給我好好睜大眼睛，看看自己幹了什麼好事！」

聽見這番話的賢基低喃著：「您、您在說什麼……」

成俊鬱悶得用拳頭捶自己的胸口。賢基今年二十一歲，確實不懂事，成俊沒想到自己會被他這樣從背後捅一刀。

只見賢基說：「我的錯就只是愛著您而已。」

成俊心裡升起危機意識。也許在花英動手之前，他會先打死這個人也說不定。

賢基看著成俊的表情，搖頭道：「主人、主人會救我的不是嗎？」

盯著這張臉，成俊終於忍不住爆發了。

「你給我聽好了，車賢基。主人或奴隸什麼的都只是遊戲，而你做的事情叫犯罪。你犯下了打算傷害他人的罪行，懂嗎？你這個垃圾！」

當花英在走廊上再次點燃香菸時，成俊打開門。氣得滿臉通紅的成俊走出來，用下巴指向房裡說：「幹，那畜生隨你處置。我的部分我會自己看著辦，所以別擔心。」說完就想離開。

此時，花英一腳踩在門框上。

「誰准你想離開就離開的？具成俊，我們來好好清算一下。我這樣慢慢地折磨你，很生氣吧？」花英笑嘻嘻地說。

成俊回答：「你這樣笑會讓人膽顫心驚，別笑了。」臉上卻不見一絲恐懼。他從花英嘴裡搶過菸，放進自己的嘴裡問：「你想怎樣？」

花英噗哧一笑。

「喔，我還沒想到，先記著吧。」

這句話讓成俊皺起眉頭：「隨便你。」

正打算離開的成俊，突然從皮夾抽出一張信用卡，遞給花英。

花英低頭看了一眼，說：「不覺得有點太弱了嗎？」

成俊嘆了口氣，同時吐出一口煙。

「不是那樣，你不是說你的貓大哥受傷了嗎？那筆錢我來出。」

這句話讓花英接過卡，噗哧一笑。

「好啊，我就狠狠地刷。」

成俊聽了，回答：「刷吧，額度一定夠，你就卯起來刷，順便買件衣服給自己穿。臭小子，可惜了你這張臉。」他笑了一聲打算離開，可是花英一把抓住他。

「再問你一件事。」

成俊對花英點頭，花英便問：

「他一直說我強姦他，那是什麼意思？你問了嗎？」

這句話讓成俊皺起眉。

「他只是照我說的去做，沒有想跟你做愛的意思。」

「這是什麼意思？你是說，那不是你們商量好的遊戲？」

聞言，成俊大嘆一口氣。他皺著眉頭片刻，斟酌詞彙後後開口：

「我以為我們有達成協議。我跟那混帳滾床單一年了，因為他沒有強烈地反抗，我當然就當作他同意了，可是他說他沒有同意……喂，那些事是我對不……」

那一刻，花英一拳揍進成俊的腹部深處。

「你不過是在為自己找藉口吧？混帳。」

成俊痛得彎下腰，低吼道：「就說……對不起了！」

推開成俊的花英開始用後腦勺撞牆壁，在撞到第五下之前，成俊捧著肚子走近，把手墊在花英撞上牆的後腦勺下。

「喂，饒了我吧，被你揍就夠我受的了。如果你的哥哥們跟父親因為你這漂亮的腦袋撞壞了，要把我吃了，我真的會瘋掉。嗯？你忍著點。」

推開成俊賣慘的臉，花英用雙手摀住自己的臉。

「唉，真是的……啊，真的是！」

花英越想越生氣，越想越委屈。他絕對從未強姦過別人——他可以對天發誓——結果卻如此不堪。他當然以為他們講好了，他怎麼可能去問別人的臣服者「這是你們說好的嗎？」。他真的委屈到想跳腳，就快瘋了，卻別無他法。

花英「砰！」地一腳踹開門，撿起角落的木棍。驥英通常都拿它來關照手下。

「你運氣很好，小鬼，嗯？以後不要再出現在我的視線範圍裡。要是讓我在路上遇到你，我一定會把你推到車道上，懂嗎！」

花英對賢基大吼完，轉身面對成俊。

「我什麼都不要，氣死我了。你怕的話，不然我們來單挑啊，來嗎！」

看著花英大吼大叫，成俊把臉湊上去說：「好，你打啊！你打！」

這時，賢基硬擠進兩人之間。

「您、您這是要幹什麼！做錯事的人是我，您有什麼事，衝著我來就好。您想對主人做什麼……」

把賢基推倒在地上的人不是花英，而是成俊。他頂著一張真的快發瘋的臉大喊道：

「拜託你別攪和進來，閉上你的嘴，拜託！」

站在賢基前面的花英只感到傻眼，笑了。

「你要我對你說什麼？」

聽見花英低沉的嗓音，賢基點點頭：「您要罵人的話，我來承受，您罵我吧！」

看到賢基的那副模樣，成俊舉起雙手投降，對花英搖頭道：

「喂，你別說他蠢也是我的錯。」

花英用力搔了搔頭，將手上的木棍一把丟出去，然後掐住賢基的脖子，要他站起來。撐著牆站起身的賢基瞪大眼睛，不停掙扎，但花英的眼睛連眨都沒眨。

「你說什麼？罵你？你現在在跟我開什麼玩笑？」

賢基想說點什麼卻無法開口，因為花英用雙手掐著賢基的脖子，把他抵在牆上舉起來，使他雙腳離地。

「你這混帳，要讓你一輩子銷聲匿跡嗎？是東海好，還是西海好？嗯？我看你現在好像搞不清楚狀況，如果不喜歡海，要不要試試在裝滿鹽酸的鐵桶裡潛水？」

賢基的褲子中央都溼了。雖然他嚇得尿失禁，但花英掐著他脖子的手沒有鬆開。

成俊出手阻止花英，硬是把花英拉開。

花英一鬆手，賢基便沿著牆壁滑落。

「尹花英，我本來不想跟你說這個，但你現在是大家的標靶，到處都說你是叛徒。就算不是賢基，還是有人會傷害你的。」

花英回頭看向成俊。

「什麼？」

成俊用冰冷的表情再度說道：

「在這個被詛咒的圈子裡，就你一個人夢想著美好幸福的未來，這些人會放過你嗎？你自己也很清楚，這圈子要進來容易，要脫身很難。」

花英「哈！」地假笑一聲。

「看我自己一個人幸福快樂的樣子，你們嫉妒死了。你現在是這個意思？」

即使花英語帶諷刺，成俊的臉上也沒勾起一絲笑容。

「說穿了就是這樣，就連我自己也非常嫉妒你。雖然你總說草鞋也成雙成對，再糟糕的人也有另一半，但……我們是屬於黑暗的人啊。」

花英狠瞪著他的目光絲毫沒讓成俊的表情改變。

「我又不是結婚了，只是找了一個臣服者，這樣就說我是叛徒？」

成俊對花英的話聳聳肩。

「你還不如結婚呢。因為婚後的你終將無法獲得滿足，會踏進俱樂部，成為所有人的共同持有物，跟大家一起玩遊戲。等了又等，大家總有一天會等到你挑選他們。對那些對你念念不忘、追在你身後跑，聽說了你的喜好，會先做好浣腸、把自己的毛髮都剃乾淨，然後鍛鍊肌肉等你欽點的人們來說，聽聞你在這圈子裡找到了愛人要離開，當然會鬱悶，會生氣。假如你有臣服者傾向，也是一位轉換者[9]……我不會故意遞我的名片，或是散布監控畫面給那些暗戀你

9 轉換者：Switch，支配者和臣服者兩者都有的傾向。

的傢伙，而是會自己採取行動。」

俯視著花英呆愣張開的雙唇，成俊湊近過去，像是要吻他。但他沒有親上去，而是殘酷地低語道：

「十年了，尹花英。人家都說江山易改，本性難移，情感有時會扭曲到無法認清，我一直都是這樣愛著你的。」

成俊冷酷的聲音太令人無語，花英噗哧一聲笑了出來。他一把拉過沒有湊上來的成俊衣領，在兩人的嘴唇就快碰到的距離下低喃：

「那你就該做好浣腸，把毛剃乾淨等我翻牌子啊，嗯？」

面對這樣的汙辱，成俊在發火之前還是笑了出來。

「就是說啊。」

「請把您的手拿開。」

聲音從走廊的盡頭傳來，花英跟成俊兩人同時轉頭看去。奎元穿著跟稍早之前完全相同的衣服，踏著絲毫看不出受傷的步伐朝他們走來。快步走近的奎元一把抓住花英，拉到身後，同時露出警戒的眼神。

成俊哼笑出聲。

「你完全變成灰姑娘了呢，尹花英。王子來找你了，開心嗎？」

站在奎元身後的花英笑得一臉燦爛，回答他：「嗯，非常開心。」

他的表情看起來真的很開心，使成俊忍不住咬牙切齒。

「就算不是我，其他人也會妨礙你的，你這混帳。你……你想跟戀人在街上約會，在家裡做愛，打造屬於你們的專屬世界？別笑死人了……！」

此時，奎元一把抓起成俊。

「請不要對花英先生大呼小叫。」

他沉靜地講完的那一刻，成俊用力推開奎元大喊：

「你一個臣服者把手放在哪裡！」

但奎元沒有被他推開，反而用力量壓制住成俊，然後用依舊沒有起伏的聲音低聲道：

「我可不是你的臣服者，你這樣的貨色我也不喜歡。我現在已經對你很寬容了，你最好別再繼續放肆。」

花英在奎元身後說：「奎元哥，放開他吧。」然後伸手拉住奎元。

雖然花英可以隨意處置那個忘記是叫車賢基還是車賢江的傢伙，但成俊是花英認識很久的朋友，也是財閥家族的一員。花英怕惹得那自尊心強的傢伙埋怨，連累到奎元，因此迅速阻止他，但奎元任由花英抓著他，繼續壓制著成俊。

成俊陰森森地問：

「你知道我是誰嗎？我爸可是古今半導體的社長啊，像你這種貨色……」

聞言，奎元嗤笑一聲，開口打斷他的話。

「如果你認為一疊鈔票可以擋住子彈，那就錯了。」

花英在後面驚呆了，因為他從沒想過像奎元這樣既害羞又多愁善感的男人，可以像這樣發狠威脅人。跟花英不同，奎元沒開口罵人，也沒動手打人，但這個在槍林彈雨中生存下來的男人渾身散發出特有的冷冽氣息，花英哥哥們稱其為「氣場」。

成俊跟奎元面對面對峙。成俊努力想從奎元的臉上看出一些什麼，一絲猶豫或是其他情緒都好，但奎元維持著一貫的面無表情，就跟判刑的法官一樣殘酷，讓人感受不到一絲慈悲。

最後，成俊向後退了一步，像是要推開奎元的目光，一步步往後退，然後馬上離開。

成俊漸行漸遠後，奎元轉過身確認花英的狀態。

「您有受傷嗎？」一臉乖巧討喜地問道。

花英一把抱住奎元。

奎元不自覺地把掛在身上的花英抱進懷裡，喚了一聲：「花英？」

花英就一臉燦爛地笑道：「啊，哥，我真的好喜歡您。」

雖然情況複雜，但奎元竟然來接他了，花英單純為這個事實感到開心。

而跟花英額頭相碰的奎元閉上眼，雙唇疊上花英的唇。轉眼即逝的短暫親吻，留下的是奎元漲紅的臉色。

剛才還放狠話說「你最好別再胡鬧」、「如果你認為一疊鈔票可以擋住子彈，那就錯了」的奎元，馬上又變回了害羞的男人。

花英道：「沒想到您這麼會威脅人。」

奎元反問：「威脅？」

花英從那張寫著「我什麼時候威脅人了？」的表情發現到，奎元剛才說的子彈是真心的。他這麼合自己的胃口，有點傷腦筋啊！花英露出燦爛的笑容，感覺到體內的施虐欲焦急難耐。

即使平時天真地喵喵叫著，卻還是有銳利的一面。身為一個有七年資歷，深知自己有時候興奮指數上升就會失去理智的支配者，尹花英覺得自己今天最好不要碰他的貓咪。

當然他雖然這麼心想，卻不怎麼相信自己做得到，畢竟他有前科。

‡

自掘墳墓、作繭自縛、四面楚歌……還有什麼話可以形容眼前的處境呢？花英雙手抱胸，看著奎元。

每當奎元停下動作，橘色的玄關燈就會陷入沉默，像在抗議或逼迫似的熄滅。只要燈一滅，奎元就會緊張地再次脫下衣服。

花英跟奎元締結愉虐關係時，命令過他踏進玄關前要脫掉衣服。跟暫時忘了這項命令的花英不同，奎元沒有忘。

每當奎元脫下衣服，花英都很享受眼前的景色。襯衫從強健的肉體上滑落，露出如同勳章一般，佈滿許多傷痕的上半身，花英的嘴角勾起微笑。

與嘴角的笑容不同，花英的眼神認真得可怕，奎元非常清楚花英已經興奮起來了。他可以感受到乳頭挺立在冰冷的空氣中，因為害羞而咬住嘴唇後，花英笑出聲。

「站起來了，上下都是。」

締結愉虐關係後改變的其中一點，就是花英模糊不清的態度。原本進行遊戲時說話十分隨意，但在日常生活中語氣尊敬的花英，開始不再區分語氣。平常說話尊敬多於隨意，在遊戲時會被當成凌辱的道具。他的聲音就像平常一樣敬重，但眼裡摻雜著殘酷的感情。

奎元應該依照花英的命令，迅速脫掉衣服朝花英走去，但他被花英的視線束縛著，雙手微微顫抖。

「差不多該習慣了吧？這點程度的折磨。」花英「啊」了一聲，續道：「是因為受到折磨，變得更敏感了？還是你在期待？」

花英的語調上揚，貼在臉上的笑容更加深刻。

奎元張著嘴，碰到褲子拉鍊的手指連動都動不了，繃著身體等著花英的聲音落下——那道讓他沉浸在恥辱中的殘酷嗓音，光靠聲音就足以對他造成侮辱，他渾身緊繃地等著。

但花英沒有心情陪他玩，因為他想立刻把這副身體搞得殘破不堪，因此要求道：

「脫光衣服，立刻。」

聽見這句話，奎元加快手上的動作。當中間部位早已濡溼的內褲露出來的那一刻，花英調戲地說：「我家咪咪真色。」

奎元蜷縮身體，彎腰將內褲脫掉。在他要把內褲放在脫下來的衣服堆上時，花英命令：

「拿過來。」

因為花英沒命令他爬過去，所以奎元走了過去，但他覺得不如叫他爬過去。不同於在地上爬，用走的，在他雙腿間搖晃的巨大凶器會清楚地映入眼簾，而且這又與完全遭到束縛不同，由於花英是平等地對待他，讓奎元更打從心底感到羞恥。

只不過是走過去，只不過是脫掉衣服，奎元卻絲毫沒有想跟花英平起平坐的念頭，反而腦子裡全是「花英先生什麼時候會要求我服從他？」、「什麼時候會下達甜美又酥麻的命令？」。

站到面前的那一刻，花英默默盯著奎元。因為身高上的差距，加上外表，奎元看起來十分凶狠粗獷，可是這樣的他用困惑的眼神俯視著花英。

花英問道：「你想要什麼？」

奎元聽了，帶著一副「終於來了」的表情閉上眼。

「請您讓我……跪下。」

花英抬起手，輕輕搧過他的臉頰，問道：「拜託兩個字呢？」

當花英找碴、打他巴掌的那一刻，發現自己徹底勃起的奎元咬住嘴唇。真的是玩得越多次，了解得越多，就越興奮起來。

「拜託……」

奎元張開乾涸的雙唇哀求。

「拜託……」

「你說，請讓我服侍您。」

聽到花英的命令，奎元毫不猶豫地說：

「拜託，請讓我服侍您，拜託。」

聽見他聲音中的急迫，看見他顫抖的雙唇，花英應允說「好」的瞬間，奎元就像倒下去一般跪到地上。看著奎元略感安心的表情，花英笑著親吻他的額頭。

「很聽話，很乖。」

從頭撫摸到背部，花英手上的動作就像在愛撫野獸。

當奎元暫時閉上眼，花英豎起指甲撓他的後背時，奎元倏地睜開眼，馬上又瞇起來。肩膀顫抖，奎元伸長脖子抬起下巴，像是在品嘗被人慢慢搔刮背部的痛楚。

「您喜歡疼痛嗎？」花英用鄭重而更加殘酷的聲音問。

奎元猶豫著該怎麼回答時，花英的手指由下往上刮。手指在傷口上再次留下新傷的感覺酥麻，奎元張著嘴發出「啊、啊、啊，嗯唔……」的呻吟。當緩慢往上滑的手指碰到脖子，花英催促他。

「回答。」

奎元最終不得不微微顫抖地回答：「我喜歡。」

當他吐出這句話的瞬間，花英的笑意加深。看著被凶惡的長相遮掩、其實細長溫和，末端捲翹的美麗睫毛顫動的模樣，花英滿足地將唇貼上去。

碰到花英嘴唇的瞬間，奎元的睫毛抖得更厲害了。

花英用穿著襪子的腳磨蹭奎元的性器，用鮮紅的嘴唇愛撫奎元的雙唇。

這個吻溫和又沉靜，奎元的身體卻不斷扭動。

「要讓你痛嗎？」

花英的話讓奎元睜開眼，近距離下看到的奎元瞳孔是黑色的。那對黑色的眼瞳因為距離太近，無法映出花英整個人。

奎元張開嘴，回答「好……」的聲音又抖又小，發音卻很明確。後面的「謝謝您」有點黏糊，花英笑了。

他從口袋掏出耳環，抵在奎元的耳朵上。

「一定很美。」

那麼說的花英拿出打火機，反覆燒過耳針的部分幾次，並在空中揮了揮，然後開始緩緩搓揉奎元的耳垂。

「呼……」

在奎元低著頭品味那股痛楚的期間，花英低聲道：

「雖然這沒什麼，但乳頭會非常痛喔。」

花英的手指沿著奎元的身體往下滑，碰觸到乳頭時，花英用食指跟中指的指甲用力一掐。

「唔！」

奎元的身體顫了一下。

奎元瞪大眼，感覺有不同的疼痛襲來，有東西夾著他的乳頭。

花英緩緩舉起雙手的那一刻，奎元低頭確認夾在乳頭上的東西。夾在上面的不是耳釘，而是白色的夾子，另一側很快也被夾上夾子。

花英一說「浣腸姿勢」，奎元的身體就開始動作。移動時，奎元「呼」了一聲，身體縮了一下，酥麻的感覺有點痛。

每一次移動，夾子就會微微晃動，讓他更難受。奎元盡可能努力緩慢地、不晃動身體趴下來，把臀部翹高——他只能把臀部翹高，因為他擔心夾子會碰到地板。

只不過是在乳頭上各夾了一個夾子，奎元就滿身大汗。他好幾次想發出呻吟，但都咬緊牙關忍住了。奎元的腦袋和身體都知道，這股酥麻感是種折磨，很容易就會變成快感，他的身體已經期待得陣陣發麻了，對花英即將下達的命令既害怕又期待。

奎元的雙手繞到身後打開臀部，露出來的後穴跟奎元的身形相比過於渺小緊緻。不過，不論是裝作沒有經驗的入口，還是看起來絕不會被人踐踏的強健體魄，其實都軟弱得會因為快感跟痛苦而融化。

花英命令道：

「打開。」

‡

奎元的手指在後穴內抽插，手指移動的光景淫亂不堪。與其說他的動作謹慎小心，或許該說是奎元對讓身體發熱的動作感到興奮，卻覺得這樣是不是太挑釁花英了。

花英視姦著奎元含住手指的後穴，習慣性地伸出舌頭舔舐乾涸的嘴唇，重點部位開始堅挺起來。

散發出冷冽毒氣的貓咪在主人面前玩弄著自己，花英一時衝動，一把抓起奎元的頭髮。奎元抬起頭時胸口碰到地板，發出「呼唔！」的聲音。

輕舔去奎元眼角的淚水，花英低聲道：

「你如果在我以外的人面前這樣搔首弄姿，我就殺了你。」

聽不出花英的話是認真的還是開玩笑的，奎元睜著茫然的雙眼點點頭。換作平常，花英一定會拿他點頭的行為找碴，但這次什麼話也沒說。

奎元覺得花英只是在講遊戲語言而感到失落，可是花英覺得自己本該對奎元聲明這點。

奎元的體格壯碩，想必從沒有人跟他講過這些話，不會威脅他。其實就連花英自己都覺得如果他跟奎元正面對決，他沒有勝算，不過他本來就不是會正面對決的那種人。

花英溫柔地舔舐奎元的眼角，用牙齒咬下去。為了不留下牙印，花英用嘴唇包住牙齒才咬下去，但應該會留下瘀青。扭曲的占有欲讓花英的腦袋無法運作，倒在奎元身上。

至今為止，他見過幾個行為壓垮了精神，讓關係背離原始軌道，變得一團糟的人。

汗水從奎元身上滴落，他的身體抖得像篩糠一樣。痛苦和快感，期待與恐懼，花英一邊等待奎元將所有感受融合為一，一邊輕撫他的背。

第二次，他豎起指甲，用方才輕撫奎元背部時的速度，在他背上刮出血跡。感覺到後穴深處已經擴張開來，頂到敏感點的奎元露出著迷的表情，張著嘴不停顫抖，凝聚在嘴角的唾液就像汗一樣滴落。

花英用奎元濡溼的內褲擦拭他的嘴唇，提醒道：「都流口水了，你要更注意一點，貓要有貓樣。」

奎元抬眼望著花英，而花英面帶笑容，唇角微微上揚的殘酷微笑震懾著奎元。

「別再搖屁股了，我是叫你打開屁股，不是叫你抽插。往兩邊打開。」

花英的話讓奎元一臉遺憾地抽出手指，撐開後穴。

託這段時間訓練的福，奎元已經很擅長撐開後穴了，可以清楚看見內側的黏膜。

花英看著黏膜不停發顫時，奎元用臉頰磨蹭著地板，身體顫了一下後僵住。因為夾在乳頭上的夾子掠過地板，劇烈的疼痛讓他僵住身體。

知道差不多該取下夾子的花英，看著奎元腫起來的小巧乳頭低聲道：

「你就是一個飢渴的屁股，對龐然大物毫無抵抗力。無論何時，只要逮到機會就會不斷收縮，要我放進去。」

那每一句話都讓奎元搖頭，一半像是抗拒，一半像是陶醉。花英欣賞著奎元的反應，同時張開嘴，跟奎元目光相對。

奎元抬頭看向花英的視線緩緩落下，沿著花英的脖子、鎖骨、胸口滑落的視線，停在花英的性器上。咕嚕——奎元粗長的頸部傳出吞嚥的聲音。

「喵～」

奎元發出貓叫聲，花英卻沒有回應。奎元一時著急，大大打開臀部，又小聲地「喵～」了一聲。花英要求他：「試著更打動我的心。」

奎元又喵了一聲，那哽咽的聲音是極品。

他心急難耐，就快忍不住了。奎元再次發出貓叫聲，期盼花英回應他。

不久後，花英用他一貫殘忍、溫柔的聲音說：

「再搖一搖，反正你都自己扭腰了，那就像我插進去時一樣，再搖一搖。」

那一刻，身體裡湧現被花英插入時的感覺，奎元依舊撐開著後穴，開始擺動臀部。他越搖變得更硬挺，就快高潮了卻達不到頂點，讓他更著急了。

那一瞬間，奎元大幅彎起身軀。

有什麼東西插進後穴了。後穴沿著光滑面撐大又縮小，那東西完全沒入了奎元的體內。

黏膜包覆著蛋型的小球體，奎元瞪大眼睛仰望花英。

當花英按下連結著球體的電線另一端的開關，奎元大聲發出「呼唔————！」的聲音，扭動掙扎。一顆小小的跳蛋在體內震動肆虐，使他渾身冒出汗水。

花英讓像貓咪一樣趴在地上拱起背，如發情的貓一般發出呻吟的奎元咬住一個環狀物。咬著環狀物的奎元眼中滴下淚水。

「知道這是什麼吧？」

完全沒有餘力回答的奎元一邊呻吟一邊點頭。花英親上他的額頭，命命道：

「套上。」

聽到花英的命令，身體比頭腦先動了起來。奎元抬手拿下環狀物，拿到性器旁。

即使時間非常短暫，但高潮的感覺接連湧上，讓奎元咬緊牙關。花英沒有允許他高潮，所以他絕對不能射精。

身體使出極大的力氣，眼裡流出不曉得是眼淚還是汗水的液體，頭也陣陣作痛。

上氣不接下氣，奎元在宛如做了重度勞動的疲倦感，還有壓抑著那股疲倦感的激情中，顫著手把花英給的持久環套在性器上。

手觸碰到的瞬間，全身寒毛直豎。他想立刻射精，好不容易忍過一波浪潮，另一波浪潮又襲來。浪潮襲來的週期逐漸縮短，他的耐性也快耗盡了。

冷汗不停滑落，紅腫的乳頭在地上磨蹭，連劇烈的痛苦都被過於強烈的快感沖淡了，不過那份痛楚會令人短暫遺忘快感。

花英用黏膩的目光望著奎元輕柔地延伸、推動腰肢，胸口在地板磨蹭的模樣。

對上那道目光的奎元用煽情的肢體動作，做出用胸口推地板的動作並喵喵叫。他不斷抬頭看向花英，等花英給他回應或是小小的手勢。他的後面搔癢難耐，不管怎麼夾緊後穴都不夠，他需要更粗更長的東西，但他無法要求花英。

花英伸出纖長的手指，侵犯奎元的嘴巴。修長的手指打開奎元的嘴，在口腔內四處攪弄。手指在奎元的舌頭上用指甲寫了什麼，但奎元不知道花英寫了什麼話。

花英像唱歌似的，用哼唱的語調低聲開口：

「要、為、你、做、什、麼？」

奎元抬起頭，像用爬的一樣湊上來，臉頰在花英的腿上磨蹭。他使出渾身解數的行動很可愛。

花英壞心地將沾滿奎元唾液的手指在奎元的尾椎上擦拭，使奎元迸出「啊嗯……」的呻吟。

奎元張嘴咳道：「喉、喉嚨……」

因為口渴，奎元發出沙啞的嗓音。在他咳嗽的期間，體內依然有東西在震動。他動了一下身體，結果跳蛋觸碰到前列腺附近，使奎元的身體彈了起來。

花英輕鬆壓制住他的身體，慢悠悠地問：

「喉嚨怎麼了？」

「喉嚨、喉嚨……渴，口渴……」奎元急迫地說道。

花英故意發出笑聲，殘酷輕快的笑聲讓奎元的臀部更加用力。

雖然花英想欣賞收縮的後穴，但他決定不再折磨奎元了，他自己也快忍到了極限，腦袋就像發燒了一樣，視線有些模糊不清。

他想頂進奎元的後穴，他想瘋狂抽送一番。打屁股比較好嗎？就算快要失去理智，花英還是本能性地確認奎元的狀態。

過於紅腫的乳頭在行為結束後，大概會痛上好一段時間。除此之外，奎元的神智也不是很清楚。他眼神渙散，流著口水，最重要的是很會忍耐的奎元正在地板上磨蹭性器。

花英舉起手想打他巴掌，卻怎麼樣都打不下去，又把手放了下來。

奎元未經他的允許就愛撫自己的性器，他本該對這個情況生氣，卻覺得很可愛。

到了這種地步，他的濾鏡還真不是普通的嚴重。花英一邊那麼想，一邊把手伸向奎元的乳頭。在調教時手下留情是一件非常危險的行為，因為遊戲只是角色扮演，饒過對方一次、兩次，不知不覺間就會毀了這齣戲。

花英想打巴掌的手伸向乳頭，拿下夾子的同時，用指甲在奎元的乳頭上胡亂搓揉。奎元迷茫地扭動身體，喉嚨深處發出不成聲的悲鳴。

「金奎元。」

花英用冷酷的聲音呼喚奎元。慢慢地，那道聲音開始夾雜著溫柔的觸感。那觸感帶給奎元如同黑暗般，冰冷殘酷的感覺。奎元病態地眨眨眼。

「咪咪啊。」

奎元用朦朧的聲音回答花英。

「喵～」

聽見這叫聲，花英露出微笑。他看似滿足，但只有單邊上揚的唇角彷彿在告訴奎元他的不悅。花英拿下另一側乳頭上的夾子時，不忘擰一把奎元的乳頭。

紅腫的乳頭又被施予虐待，奎元咬緊牙關拱起背。

聽到很小聲的抽氣聲，花英輕聲笑了。

「不聽話的話就應該被教訓，對吧？」

奎元的下巴瑟瑟發抖。雖然他認為花英說必須接受懲罰的話是理所當然，但他已經沒有體力可以挨罰了。被迫過度高潮的感覺已經成了他的痛苦。

奎元氣喘吁吁地看著花英，花英則笑咪咪地要求他：「打開。」

奎元奮力擺出打開後穴的姿勢，那一刻，花英粗暴地頂進奎元的體內。

「啊啊啊啊啊啊！」

奎元尖銳地哭喊著。他的腦袋發燙，染上了血色，不是痛苦也不是快感，只是熱血衝腦的感覺讓奎元像條鬆垮的繩子，不停擺盪。

奎元只是被花英的身體晃動著，而能輕鬆操縱巨大、強健肉體的魁儡師，嘴角習慣性噙著的微笑都消失了。粗暴又不留情面的進出讓奎元嘴裡流洩出呻吟，那道聲音又煽動花英，形成惡性循環。

「夾緊，再夾緊，不要恍神……呼！不准恍神！你明明是隻貓，不可以……唔！不可以先、先、先射！」

就算花英大喊，已經超出極限的奎元還是腦袋一片空白，只照著之前花英調教的，時不時說出自己的感受。

「舒服，好舒服，呼！嗯、啊啊！花英……先生，那裡，啊啊啊啊啊！好舒服，好舒服，嗯，那邊，好舒服！啊、這麼……這麼粗暴，嗯！好舒服，啊啊、啊啊……啊！啊啊，要射了，我要射了……」

奎元的呻吟讓人聽了非常開心，花英卻像被人從頭頂澆了一盆冷水，讓他咬緊牙關。因為太興奮而失去了理智，那是他幾年前犯過的錯。現在的他又重蹈覆轍，犯下那久遠到記不清楚的時期所犯下的錯，並且感到煩躁。

問題在於他太過興奮，行為超出臣服者的極限了。

當然，奎元是超出了快感的極限，而不是痛苦，但是對基於SM行為的性行為來說，這兩者就像連體嬰一樣，有著曖昧不清的關係，所以各方面來說都很危險。但慶幸的是，奎元還殘存著理智，知道這是遊戲。

花英覺得盡快結束遊戲是最好的選擇，便用驚人的速度加快進度。

「再夾緊，夾緊！」

花英一邊這麼要求，一邊從奎元身後輕輕掐住他的脖子，啃咬他的耳朵。

「哪裡舒服？呼、呼！你要說出哪裡舒服啊！你想被怎樣對待？呼！呼……唔——嗯？你想要什麼？」

面對花英的追問，奎元搖著頭回答：

「那裡，好舒服！啊啊啊啊！啊啊，好舒服！請、請您射在裡面……請射在裡面……呼，呼——要燒起來了……拜託，拜託，啊啊、啊嗯！請……射在……！」

腦袋發燙，大喊著花英教的那些煽情的話，奎元的聲音讓花英大呼一聲，並抓住奎元的肩膀往自己這邊拉，然後腰肢用力一頂。

那一刻，奎元瞪大雙眼。花英的性器噴濺出滾燙的液體，填滿奎元的體內。當奎元陶醉於那個感覺，忘記所有事物的瞬間，花英在奎元無法意識到的時候一口氣拆掉持久環。奎元幾乎是強制射精。光是精液掠過腫脹尿道的感覺就極為酥麻刺痛，奎元因此閉上雙眼。

那股痛楚跟被人毆打的痛不一樣，很甜美。奎元回頭看向皺著眉的花英，兩人視線相對，而奎元露出微笑。

花英一抽離，奎元的身體就無力地滑落在地。雖然奎元在地上掙扎了一會，想撐起身體，遵照花英的命令完成後戲，但花英制止他。

「哥，可以的話就別動了。我先去洗澡，讓腦子清醒一下就回來，您等我。」

那僵硬的聲音讓奎元咬緊唇，花英的行為無疑是在表示他的不滿。雖然內心有股被拒絕的失落感，但奎元沉默地咬著唇點頭。

將失落的奎元留在原地，花英為了沖澡走進浴室，在蓮蓬頭底下用頭撞上磁磚牆壁。

——你這瘋子，萬一奎元哥出了什麼事要怎麼辦！

幾乎沒意識到自己的頭會痛，花英不斷用力撞上牆壁。即使浴室裡響起咚咚聲響，花英也毫不在意，對自己吐出一連串辱罵。

性愛結束後跟奎元視線相對時，奎元用若無其事的表情看著他，讓花英只能閉上嘴。

奎元的表情看起來完全不曉得花英方才失控了。花英不得不承認，那張臉上帶著純粹的善意，讓自己內心油然升起罪惡感跟卑劣的滿足感。奎元是真的信任花英，他完完全全將自己的身體交給花英，雖然不是故意的，但因為這次失控，花英才得以確認這件事。

該怎麼說明這讓心臟高聲跳動的感情？

花英頭抵著牆，淋著水，眨了眨眼睛。他想起大學時某人跟他說的話。

『你知道嗎？男人對寵物比女人還沒有抵抗力。』

講這句話的人，是熱心於救援流浪狗的女同學。

『如果小狗進到家裡，很少有男人會討厭那隻小狗到底。一回到黑漆漆的家裡，小狗就會搖著尾巴出來迎接，就是這樣小小的舉動。雖然女人也會覺得小狗這點很可愛，但男人幾乎可以說是感動。即使是討厭狗的男人，也常常看見他們非常疼愛自己家裡的小狗，還把小狗抱在懷裡。當然，這是建立在對方非愛狗人士的前提下。雖說愛狗人士不分男女。』

當時，身為男性的自己還覺得無法理解，但看見奎元表情的那一刻，花英徹底明白了同學說的話是什麼意思。完全擁有並保護某人的舉動，是一種很強烈的快樂。

奎元愛著花英，他的表情和純粹的信任說明了一切。

不能再做出任何辜負那份信任的失控舉動……花英再次用頭撞上牆壁。你笑什麼，你這混帳！現在是你知道奎元哥喜歡你，自己咧嘴傻笑的時候嗎？去死吧，去死吧！

花英反省完出來時，奎元已經站起來了。

花英的視線看向剛才頭腦發熱，沒能注意到的奎元的腳。一看到那隻纏著繃帶的腳，憐憫心跟憤怒同時湧上心頭，果然還是得打死那對蟑螂情侶。

花英沒有意識到自己咬著唇，但奎元伸手輕撫花英的唇，低聲道：

「您生氣了嗎？」

花英抬起頭。奎元乍看之下冷酷無情，但是那雙眼裡帶著純粹的擔憂。該生氣的人不是花英，是奎元，可是奎元卻小心翼翼地觀察他的臉色，又這麼問他，讓花英心慌。

「我為什麼要生氣？」

他是真的想知道才問這個問題，但奎元倏地低下頭，臉似乎紅了。

意識到花英在等他的回答，奎元張開嘴，緊緊閉著眼睛。必須開口把那件事講出來讓他難為情到受不了，但花英在等他回答不是嗎？

「……我、我錯了……」

雖然花英的觀察力非常敏銳，但奎元的聲音太小聲了，花英沒聽清楚，又問了一次。

「什麼？哥，我聽不清楚。」

聞言，奎元吞下一口口水，開口道：

「我對花英先生，就是……在遊戲時任意妄為，所以……」

蚊子般的音量摻雜著希望他能理解的迫切期望，花英這次聽懂了。

花英很想笑，而觀察著花英臉色的奎元看到花英一臉怔愣的表情，困惑地說：

「花英先生？」

被呼喚名字的花英慢慢露出微笑，而奎元的視線直盯著耀眼的笑容。

花英踮起腳尖，輕輕吻上奎元的唇。

「我喜歡您。」

花英的唇緊貼著奎元的唇，低聲細語。花英光滑的唇在自己乾裂的唇上輕輕磨蹭，那感覺再度讓奎元不知所措，想迴避視線，但花英抬起手制止了他。

看著只是輕輕制止就立刻停下所有行動的奎元，花英低喃著其他話，代替對不起這三個字。

「我愛您。」

奎元輕輕抱住花英。被一隻善良、正直、可愛、單純，有時會亮出爪子的巨大貓咪抱著，尹花英很幸福。

而奎元閉上眼，眼皮微微顫抖地低聲道：「我也是……」

花英的眼睛捕捉到了一切。奎元的雙眼、表情、心意，所有的一切都在等待奎元開口。片刻後，奎元用沙啞的嗓音告白。

「我也愛您。」

花英閉上眼，而奎元細細體會著某種炙熱的情感在內心綻放，同時睜開了眼。如花一樣美麗的男子第一次臉頰泛紅，似乎在品味著什麼。奎元充滿愛意地注視著他，直到某種情感藉由空氣，然後透過彼此相碰的嘴唇傳達給自己。

睜開眼睛時，看到花英皺著眉頭的奎元撐起身子。多虧昨晚花英幫他清理身體並為他上藥，他的身體輕鬆很多。

奎元撐起身看向花英，花英立刻用手掌蓋住手機話筒，說：「哥，抱歉。吵醒你了嗎？」然後想走出去外面。

奎元留住他，搖著頭說沒關係，因此花英再次坐回床上。話筒的另一端，具成俊正在不斷抱怨。

『尹花英，我們有十年的交情吧？你就這樣丟下我，自己跑了？拜託你，快來救我，拜託。』

具成俊每說一句，花英就認真地回一句。

「江山變化的期間，感情也會隨之改變。我對你的友情已經變成空中的灰塵，隨風消失很久了。」

不理會這番話，低聲說著什麼的成俊，花英按下掛斷的按鈕。發現奎元在身旁看著自己，花英開朗地笑說：

「他被父親折磨了一會，現在好像正在獨自面對大哥。」

花英看著手錶低喃道：「爸跟他聊真久。」

聞言，奎元也低頭看向自己的錶。凌晨三點四十七分，這好像不是「折磨一會」的程度啊。奎元耳邊傳來花英無憂無慮的聲音。

「如果再跟二哥見面，成俊也會覺得備受煎熬吧。剛才聽他說他明天要去美國出差，所以要搭飛機，那在飛機上補眠就好了啊。」

「您不會覺得煩或是累嗎？」

聽到奎元的話，花英意興闌珊地問：「哪方面？」

「家人這麼關心您的部分。」

「哥不討厭嗎？如果我像那樣喜歡著您，然後追著您跑。」

要說追著對方跑的那一方，奎元算是追著花英跑，畢竟他是保鏢。

奎元搖搖頭，花英就笑了。

「就是這樣。」花英小聲地補了一句：「因為是家人啊。」

雖然奎元心想要不要時隔許久地去見見父母，但他馬上搖搖頭。父母當年得知他的性向後無情地把他趕出家門，那份晦澀的記憶至今仍烙印在他的內心深處。

窗外的天色還是黑的。

朦朧的月光躲在陰暗的天空裡，窗外就只有霓虹燈亮著。在淺淡又陌生的霓虹燈光中，奎元衝動地將花英抱進懷裡。

當火紅輕盈的霓虹燈匯聚在一起，就成了價值百萬的夜景。而人類的愛情蘊含著多彩的光芒，對奎元來說，有著朦朧奇妙光彩的這份愛情，比任何人事物都重要。

奎元閉上眼睛，感受著花英的手臂輕輕環住自己，緊緊抱住自己。

他的主人。

他的戀人。

他的光。

所有的一切都在他的懷裡，深情地擁抱著他。

尾聲

「您說您想整形？」

因為花英瞪大眼睛大喊，慌張的奎元稍微往後倒去。這有什麼奇怪的？身邊的人大多都勸他去整形，就連父母都曾經說過「你最好在長得更高大之前去整形」。

「太扯了！」

某天跟平常一樣，玩完遊戲，花英正在幫奎元上藥時，花英問他：「你是外籍兵團的傭兵出身的，不是賺了很多錢嗎？怎麼會開始當保鑣？」奎元回答了原因後，花英咬牙切齒地對他大喊，搞不懂這張臉、這副身材哪裡需要進廠維修的花英不斷厭煩地搖頭。

雖然都撈到一個像花一樣的主人了，如果主人不願意，奎元也沒有非要整形不可的理由，但是看到花英那麼排斥，還是讓他很意外。

「是誰說這張臉需要整形的！」

花英真心地大喊，從那張表情上連一點眼屎大的嘲諷都看不見，奎元倏地低下頭。

花英居然可以直視著他的臉說出那種話，奎元再次見識到花英的脾胃有多強壯。不對，也許他只是喜好比較獨特而已。奎元只低著頭，聽花英說著長篇大論。

花英聽到奎元說想整型而太過吃驚，滔滔不絕地破口大罵，然後深呼吸讓自己冷靜下來。

「哎喲，嚇死我了，我都快嚇破膽了，哥。總之你不要想去整型，絕對不行。如果你瞞著我，偷偷對這張漂亮的臉蛋動手腳……」

奎元很是緊張，還以為花英會說出什麼威脅他的話，結果花英非常認真地低語：

「我會哭的。」

氣氛陷入一陣沉默。

花英看起來一本正經。真的會哭嗎？奎元露出慌張的表情，著迷似的看著眼前美麗的男人，但這男人要求要打勾勾。

花英非常可愛地伸出小拇指。

「打勾勾。」

奎元不自覺地伸出手，又覺得手上有汗，在床單上擦了擦，可是不管他怎麼擦就是一直出汗。

我想要原本的你——願意對他那麼說的人就在身邊嗎？這種幸運，是連奎元自己都不敢奢望的，但花英極其理所當然地講出了這種話，還要他打勾勾。

就在奎元不論怎麼擦，手心就是一直流汗而手忙腳亂的時候，花英硬是拉過他的手，幼稚地用小拇指勾住他的小拇指。

「金奎元絕對不會做整形手術……也不會劈腿，打勾勾。」
聞言，奎元抬起頭，見到花英笑咪咪的。
有某位詩人說過，因為你的呼喚，才讓我的名字有了意義。
奎元開心地笑了，雖然那副表情看在別人眼裡依然跟連續殺人犯的微笑沒兩樣，但這裡是其他人都無法介入，只屬於他們兩人的地方，所以沒關係。
「打勾勾。」
奎元用低沉的嗓音複述了一遍。
花英抬起兩人勾著的手，親吻奎元的手背，然後放下手又吻上奎元的唇。
世界上最漂亮的男人，正在親吻自己眼中最美麗的人。
奎元閉上眼，漫長的吻讓他流洩出呻吟。
不知何時開始，花英蹂躪著他的乳頭。最近受到集訓的乳頭光靠花英的手指。就會敏感地產生反應，挺立到會痛的地步。花英喃喃低語：
「今晚……」
花英的手指擰了一下乳頭，奎元猛然挺直背脊，發出「哈啊！」的一聲與他不相襯，他主人卻愛得要死的呻吟。
「請您一直為我哭泣吧。」

Second act.

確認 Sure

第一章

比起英俊，更應該用俊美形容的青年坐在星巴克的玻璃落地窗前喝著咖啡，並瞪著眼前的筆電。如果這麼做的人是個長相普通的路人甲，這姿勢應該就像個流浪漢，而這名青年其實與別人沒有什麼不同，但他的臉蛋與身材讓人感覺就像海報的場景。

「他在看什麼？」旁邊經過的兩名女性在路過他身旁時，偷偷瞄了一眼螢幕，然後傻眼似的失笑。

他感覺像在上網，但實際上青年看著的是EXCEL檔案。他盯著表格上滿滿的數字咬牙切齒，有時候還會低聲碎念「就叫他們只用美金或歐元交易了」。當他煩躁地看著資料，用看不清數字鍵的速度敲打鍵盤時，眼前出現一道修長的影子。

「您在做什麼？」

冷酷的表情、隱約可見的強健體魄，還有更加強這一切印象的黑色西裝——奎元低頭問道。

花英開心地笑了。雖然工作太多，讓他頭痛欲裂，但他毫不眷戀地儲存檔案，關上電腦後站起身。

「在等哥啊，面試怎麼樣？」

抓到跟蹤狂後，奎元理所當然地失業了。不管他是否獲頒過勳章，不論他多有實力，在高呼「端正容貌」的保鏢界中，奎元要踏入這行的可能性微乎其微。最後奎元抱著人不能沒有飯吃的想法看中了許多工作。那些工作大多見不得光，不過他之所以堅決不當黑道，大概也是顧慮到花英。

「很順利。」奎元用有些微妙的口氣說。

花英小聲地「嗯」了一聲，要拿起電腦包時，奎元伸出手要接過他的包包。悄悄閃過那隻理所當然的手，花英笑得一臉燦爛。

那一刻，奎元低下頭。

奎元咬著下唇、不自然地僵著身體，跟花英對上眼。花英水汪汪的眼裡燃起施虐欲，他將手伸進口袋，關掉遙控器，兩人之間隱約可聽見「嗡——」的機器聲一下停止了。

呼……呼……看著奎元極為小聲地喘著氣，花英開口：

「哥，您應該很忙，今天由我自己拿。」

然後帶頭走在前面。

「首先，我們先找間舒適昏暗的咖啡廳裡聊聊吧。」

奎元追上這麼說的花英，步伐有點搖晃——他不得不這樣走，因為他體內深處塞了一顆蛋型的跳蛋。

從他們締結愉虐關係時起，不，從他們第一次玩遊戲時起，花英就堅持不懈地要求要「討論遊戲內容」，但奎元總是固執地忽視花英頑強的要求，說「依照花英先生想進行的玩法玩就好」。

今天花英打算一邊折磨奎元，一邊聽他親口說出想玩的遊戲內容。奎元喜歡的玩法是什麼？討厭的玩法是什麼？他希望怎麼進行哪個玩法？等等，這些都是非常重要的協議事項。

而且，他也想定下自己未能察覺到奎元已達到極限時，奎元能提醒自己的安全詞[10]。花英盤算著如果奎元想跑，他就啟動跳蛋、封鎖奎元的行動，所以他命令奎元塞入跳蛋後過來。

花英不斷向自己辯解，他絕對不只是為了享受這種樂趣才這麼做。

走在人煙稀少的巷弄裡，花英時不時操縱遙控器，每當那個時候，奎元就會停下腳步，無助地顫抖。

「嗡———」的聲音在安靜的巷弄裡十分響亮，光是想像那個小東西在非常色情的地方淫亂地顫動就很有趣。每當跳蛋發出聲響，奎元就會靠在建築的牆邊，哭著發出「嗯、呼唔……」

10　安全詞：不破壞遊戲，告訴對方自己到達極限的話。這需要雙方都同意，不只是詞彙，有時也會指定動作，例如用左手抓住右腳之類的舉動，或「請您原諒我」之類的話。

的聲音。

花英抬手捧起奎元的臉頰，將近兩百公分的身體像要推開牆壁似的扶著牆移動，同時哭得可憐兮兮的。

「你可以求我。」

花英的話音剛落，奎元立刻發出沙啞的聲音。

「喵～」

那哭聲讓花英呵呵笑了。

「你現在是人，可以說話喔。」

得到花英允許的奎元哭著說：「求求您……求求您，花英先生……」

「求我什麼？」

花英固執地問道，奎元就抬起頭，下巴微微發顫，那抖動的頻率或許跟在體內折磨他的那顆跳蛋相同。

奎元垂下眼，渾身緊繃地哀求：「花英先生，拜託……停、停下來……呼……唔、唔！請您……呼啊！」

奎元發出響亮的呻吟，急忙摀住自己的嘴。

花英噗哧一聲笑出來，放下遙控器。那一刻，奎元的腰大大震了一下。但他勉強站好，靠著牆大口喘氣。呼……呼……奎元比平常更小的嘴唇間，吐出白色的霧氣。

「要扶你嗎？」

婉拒花英的好意後，奎元勉強直起腰。他心想，希望快點到咖啡廳，他的甬道好癢。如果不用硬梆梆的東西攪弄裡頭，他希望花英至少能狠狠打上他的屁股，藉此抵銷這股就快令人發狂的搔癢感。

奎元偷偷瞥了一眼花英細長的手指，鬆了一口氣，但當他們真的到咖啡廳裡坐下來，聽見花英說的話後，奎元開始覺得不如像剛才那樣折磨他算了。

花英將咖啡擺在眼前，一臉認真至極，還找來一副黑色粗框眼鏡戴上，然後拿出小冊子威脅奎元。

「如果沒在三秒之內回答我……您就會很痛苦。我明白您為什麼不喜歡這個話題，但這非常重要，所以我們快點討論完，開開心心地約會吧。」

接著，花英丟出第一個問題：

「您喜歡浣腸嗎？」

回想起來，奎元覺得那是惡夢般的一小時。

從「您喜歡浣腸嗎？」開始，他與花英的問答毫無顧忌，非常直接。只要奎元稍微想迴避話題，花英就會將手伸進口袋，悄悄拿出搖控器，然後奎元就會放棄反抗。

答。

奎元輕聲回答花英的問題，講話的速度卻馬上開始加快，他無論如何都想盡快結束這場問答。

花英詳細地詢問各種瑣碎的事。他問喜不喜歡浣腸，奎元說不喜歡後，花英就換個方式，問他想不想浣腸。奎元紅著臉勉強點頭，花英就在小冊子上寫了些什麼。

「對哥進行的浣腸是大約四百五十毫升忍十分鐘，您覺得怎樣？會忍不住嗎？」

奎元搖頭，花英反問：「這樣的話，可以慢慢稍微增加嗎？」

奎元點頭。

「打屁股您覺得怎樣？您喜歡挨打嗎？」

從那時候起，奎元連頭都抬不起來。

看著奎元點頭，花英笑得一臉燦爛。他非常喜歡奎元害羞的個性，但不是雙方都同意的的遊戲會有危險，事實上，他也曾讓奎元超出極限。

花英帶著鼓勵奎元的意思，輕摸了摸他的頭髮後又問：

「至今為止有沒有痛到覺得無法忍受的時候？」

聽見這個問題，奎元又搖頭。

「我們目前只用過手拍，可以試試看鞭子或棍棒嗎？」

奎元點點頭。

「無法忍受時的安全詞要定為什麼？『喵』不可以，嗯……您有什麼想法嗎？」
奎元搖搖頭。花英先放過不僅不知所措，甚至想把自己埋進土裡的奎元，開口道：
「是希望我自己決定嗎？但這是哥需要用的，您來決定比較好吧？」
奎元當然又搖了搖頭，花英發出壞心的笑聲。
「好啊，那安全詞就用『花英啊』吧。」
這句話讓奎元一下子抬起頭，花英看著那慌張的臉說：「所以剛才給您機會的時候，您就該把握啊。來，下一個。」然後轉移話題。
奎元看起來非常手足無措，居然要他對不只在做愛時，在日常生活中也是主人的花英輕鬆說話，要聽他說出安全詞應該非常困難。但也因此，奎元應該會盡量忍耐，真的忍不住了才會講出安全詞。
當然要定一個有點難以啟齒、羞於開口的詞，畢竟忍耐是基礎啊。花英這麼心想，再次開口：
「我們來談談束縛(Bondage)，您想試試嗎？」
奎元點頭。看著再次低下頭的奎元，花英為了忍住悄悄上揚的嘴角，咳了一聲後開口：
「OK～嗯，持久環(Ring)怎麼樣？可以嗎？」
奎元又點點頭。

「踩踏（Trampling）呢？窒息式性愛（Breath control）也喜歡嗎？啊，窒息式性愛……我現在跟哥玩的是七秒，您覺得怎麼樣？如果是視線模糊的程度是沒關係，但聽不見聲音就不行。您那時是什麼狀態？」

奎元好不容易擠出低沉的嗓音。

「我、我沒……沒事。」

他剛說完，花英就回道：「好，那我們把時間拉長一點吧。好了，至今為止我們玩過的遊戲，大致上都達成協議了。」

沉默片刻，花英陰險地笑了。

「接下來我們來商量一下之後要玩的遊戲吧。」

既漫長又赤裸，令人害羞的一問一答繼續下去。

「您說想試試束縛，這行為會在進行的同時有所進步。那麼穿洞怎麼樣呢？我個人想打在哥的左邊乳頭上。啊，哥想穿洞嗎？」

聞言，奎元支支吾吾地說：「我可……」

這讓花英皺起眉。

「抱歉，我對穿刺（Needle Play）沒什麼興趣，但哥喜歡的話我也可以啦。」

「不，不是，我沒有。」

奎元飛快地搔搔頭。

花英看著奎元的反應，咬著唇一會，並轉了轉手上的筆。

奎元過度迎合對方的傾向很強烈，臣服者確實大多都是這樣，因為他們本就期盼一段受人拘束的關係，理所當然會是這個反應，而且當對象不只是玩伴，還是主人時，提出來的每一項要求都不簡單。為了了解奎元而特地創造這個機會的花英覺得有些沮喪。

「不，嗯，是很可愛啦。」

花英希望奎元稍微明白，自己害怕會對眼前這個男人造成傷害，所以十分拚命，但覺得在公共場所進行凌辱問答很難為情的大貓，完全無法揣測主人此刻的用意。

花英放鬆原本挺直在桌邊的腰，一下靠上身後的沙發。他們的座位在咖啡廳裡非常偏僻的角落，如果不靠近查看，很難看清位子上有沒有人，再加上長長的桌布垂下來，花英笑著脫掉皮鞋。

奎元一開始以為是錯覺，好像有什麼東西碰到自己，雖然塞著跳蛋在路上走的經驗讓他羞恥到很想死，卻也帶來了令人著迷到渾身汗毛直豎的感覺。奎元一忍再忍，忍著不要現在就跟花英求饒。他握緊拳頭，指甲都陷入掌心了，同時夾緊深入甬道的小跳蛋，咬緊下唇。

此時，有什麼東西在碰他，而且沿著奎元的腿往上挪，輕輕地壓住他的褲頭。奎元瞪大眼看著花英，花英則靠在沙發上回望他。

用腳踩著奎元的性器，花英若無其事地繼續說：

「如果哥想要，穿刺這個部分我可以配合您。啊，但我們別在性器上打洞吧，我只在乳頭上打過洞，性器的話必須要接受訓練。」

雖然很好奇要向誰接受什麼訓練，但現在立刻糾正花英以為自己想玩穿刺的誤會更重要。

奎元說：「我真的沒有想玩穿刺，如果您不喜歡，我們也可以不玩那個。」

語畢，花英呵呵輕笑。

「那我們就在左邊乳頭打一個就好，那樣感覺很可愛。剩下的就等哥想打的時候再跟我說吧。」

奎元是真的不想玩穿刺，但花英似乎以為奎元是為了配合自己才特意說不想玩。

奎元哭喪著臉，可是繼續解釋好像也沒用，他只一股勁地點頭。在這之中，花英依舊玩弄著奎元的性器，奎元只能咬緊牙關忍著。

花英收回腳重新坐好，確認過小冊子的內容後放下筆。

「現在開始我要講一件非常嚴肅的事。」

剛才講的那些都不是什麼正經事，他帶奎元來這裡另有要事要說。

看到奎元的肩膀震了一下，花英望著他一會，小聲道：

「您要不要跟我同居？」

奎元還以為花英會說出什麼驚人又害羞的話，結果意外的普通，但是這項提議的連鎖效應比任何話還要強。

奎元緩緩抬起頭時，花英十分煩躁不安。要繼續推一把嗎？要騙他說，締結愉虐關係的情侶都會同居嗎？那樣的話，奎元就會輕率地點頭，他們就可以住在一起了。

……花英想了想，實在無法這樣對他，所以只等著奎元說話。同意也好，不同意也罷，說點什麼吧。花英不動聲色，就在他焦躁不安地決定要開口前，奎元小聲反問：

「同居嗎？」

看到奎元的表情半是難以置信，花英深吸了一大口氣。

「是的，同居。我想跟哥同居，想跟您一起生活。」

在昏暗的燈光下，奎元用一張不置可否的表情看著花英，花英就沒繼續說下去，沒說別人也是這樣，更以主人的身分強迫他。

他就像跟女人求婚的男人一樣直視著奎元，只頂著漂亮的臉蛋等著奎元的答案。

奎元望著花英的期間，花英連眨眼都沒眨一下。

「我……」奎元小聲地說：「我當過傭兵很長一段時間，現在找到的這份工作也不值得炫耀，我對您應該沒有任何幫助。」

只是對他沒有任何幫助嗎？奎元嘲笑下意識美化措辭的自己，像要看出一個洞般，直盯著花英的嘴唇。

他至今都在從事可能遭到報復的工作，因此有可能會讓花英陷入危險。雖說花英被跟蹤狂跟蹤，最初是那奇怪的傢伙搞的鬼，但後來事情會鬧大，都是因為他的存在吧？花英最後為了奎元跟自己的安全，不得不又繳了一筆地牢的年會費，只為了向大家證明他不會因為找到奴隸就離開這個圈子。

可是花英本人似乎不那麼想，他搖搖頭，用有點快的語調回道：

「哥的存在對我來說就是奇蹟了，所以我不奢求其他東西。」

花英的話讓奎元皺著眉苦笑。

花英之前也跟他說過類似的話，當時他也感動得快哭了，但現在花英又帶著耀眼的笑容對他說這種話。

——我想要你，光是擁有你，對我來說就是個奇蹟。

令人害怕的幸福來臨，讓奎元閉上眼，因為他感到一陣暈眩。本想道謝的奎元鼓起莫大的勇氣，給出不一樣的回答。

「我也……想要、想要跟花英先生一起生活。」

好想吻他……花英低下頭。

他想翻弄奎元的嘴唇，想戲弄他，想恣意調教他的身體。還有，他想插入狹窄的甬道，粗暴地侵犯他。

「我們走吧。」

奎元坐在這裡的時間都拿來進行這令人害羞的問答，茶都沒喝幾口，花英就在他面前倏地站起身催促。

奎元有些慌張地站起來時，花英馬上朝櫃臺走去。這著急的模樣一點也不像他。

奎元目瞪口呆地杵在原地的期間，已經結完帳的花英早已站在門前等他了。

‡

託花英不喜歡開車的福，兩人一起搭計程車回到花英的住商大樓。

奎元有些心不在焉地觀察著突然不說話的花英臉色，他不曉得花英為什麼突然變得這麼低沉。他通常都面帶微笑，讓人感覺像是一種習慣，但花英現在的臉色僵到不行，也不跟奎元講話。

太完美了，奎元不停偷瞄花英的側臉，欣賞他美麗的臉龐。彷彿對奎元不感興趣的冰冷表情看起來冷酷無情，變得更帥了。雖然不曉得他為什麼生氣，但決定先欣賞這張臉的奎元跟著花英走進電梯。

電梯門關上的那一刻，花英撲向奎元。

隨著一陣匡啷聲，電梯晃了一下，但花英毫不理會。他貼上奎元的唇，舌頭立刻竄進奎元的嘴裡。花英一把抓住奎元的衣領、把他往下拉，奎元就張著嘴歪曲膝蓋，身體靠著電梯牆壁稍微滑落。

花英要求道：「再張大一點。」

奎元顫抖著把嘴巴張得更大。

花英的舌頭滑動，探索口腔內的每個角落，舔過奎元嘴唇上的傷。

每當舌頭碰到傷口都會隱隱作痛，即使聽見喜歡疼痛的奎元輕輕發出「嗯……」的呻吟，花英還是無法找回理智。他雙手緊抓奎元的衣領，瞪大眼出聲警告：

「我以後不會再放開你了，你以後再也無法拋棄我。」

奎元迷茫地聽著花英熱情的話語。不知道是因為花英突然吻他，長時間屏住呼吸，還是因為他深陷於這個炙熱的吻，整個腦袋完全無法運轉。可是即使腦子像少了一個螺絲釘，奎元還是努力地聽著花英說話。

花英輕舔奎元的眼睛，低聲道：

「你是我的，是我的奴隸，是我的貓，是我的戀人，是我的人。」

花英對自己，對奎元宣告的嗓音低沉又炙熱。

「你知道我要怎麼對你嗎？」花英問。

如同在問新婚之夜的新娘，獨善其身的花英帥氣無比，讓奎元半是著迷地搖搖頭後，花英哼笑了一聲。

這是奎元最喜歡的，花英殘酷冰冷的笑。

「我要羞辱你，我要教會你忍耐，我要在你左邊的乳頭打上乳釘。我要買一條適合你的項鍊，我要把你胯間的毛剃得精光，還要燒掉你的所有內褲。」

為之著迷。奎元瞪大眼時，花英舔過奎元的瞳孔。雖然刺痛到睜不開眼的地步，但奎元絲毫不當一回事，依舊睜著眼睛望著花英。

花英問：「聽見了嗎？」

奎元點點頭。

「你會成為我的所有物，我會讓你在所有人面前都脫不了衣服，我會拘束你的一切。現在已經不是遊戲了，我會擁有你，您懂嗎，金奎元先生？」

花英用顫抖的聲音輕喚奎元。比起前面傲慢的語調，最後尊敬的語氣有更強烈的意義。花英的聲音不停發顫，奎元準確地意識到那是興奮所致。

奎元沉靜地回答：「是，花英先生。」

花英開朗地笑了。

「我只會用這樣的方式愛人，還有，你再也跑不掉了。」

「我不會離開您。」奎元的手覆上花英抓住自己衣領的手，低聲道：「我一直都希望能被人這樣愛著。」

花英大笑出聲。即使只是說出短短一句話，奎元的臉也瞬間紅得發燙。花英用額頭蹭著奎元的額頭，然後低聲說：

「真可愛。」

花英是真心這麼想的，奎元曖昧地揚起唇角。

世界上唯一一個覺得他可愛的男人——尹花英又說了一遍：「真可愛。」

此時，電梯因為即將停止而晃了一下，花英立刻退開。電梯門一開，花英先踏了出去，而奎元剛踏出電梯一步，暫時被他拋到腦後的跳蛋就開始震動。

「呼……」

奎元這次不禁跌坐在地。

安靜的走廊上清楚地聽見跳蛋的機器聲，響盪著「嗡——」的聲音，這淫蕩的聲音更刺激著奎元。

花英享受著奎元跌坐在地，抬眼看向自己的混亂眼神，同時用下巴示意家的方向。實在沒有信心能站起來的奎元，最後不得不用爬的。

——如果有人出來的話會怎麼樣？

恐懼讓甜蜜的感覺更加酥麻。

花英慢悠悠地跟在奎元身後，虎視眈眈地盯著奎元的臀部。被西裝褲包裹著的渾圓臀瓣正用力夾得死緊，他想一進家門就拍打那對臀瓣。

若是頂進那對臀瓣後用手掌用力拍打，會有多美好？連接著心臟的施虐神經逐漸繃緊。

好不容易爬到玄關外，花英打開門。奎元一爬進去，花英就隨後跟上，然後關上門。

聽到身後傳來門上鎖的聲音，奎元的臀部馬上放鬆下來。沒有放過這瞬間，花英抬起手拍下去。

「呼啊……！」

奎元拱起背。從他身邊走過的花英命令道：「立刻脫掉衣服。」

花英越興奮，說話就越冰冷。知道這點的奎元表情充滿期待，像狗一樣趴在地上開始脫衣服。

當奎元脫光衣服、看向花英時，花英已經脫光衣服了，修長的肉體映入眼簾。

跟自己粗俗的身體相比，花英的身體纖細又俐落。不知為何，受到比較的感覺讓奎元低下頭，而花英命令道：

「把裡面在動的東西拿出來。」

奎元臉色蒼白地看向花英，可是花英只在沙發上坐下來，催促道：「在幹嘛？還不拿出來？」

「怎……怎麼拿……」奎元拚命問道。他不曉得該怎麼拿出來，他要怎麼把這個讓體內發燙，令人恨得牙癢癢的玩具拿出來？

奎元看向花英的眼裡凝聚著純粹的困惑，花英反倒使壞地回答：

「這個嘛，用力一擠就會掉出來了吧？」

這句話讓奎元瞪圓了眼。這樣的奎元激發了花英的性欲，開心地笑了。

「或者你直接把手插進去拿出來？但應該拿不出來。」

花英一副想慢慢欣賞的悠然姿態。

奎元別無他法，開始用力擠時，花英大笑出聲。

「你用那個姿勢，擠好幾天也擠不出來吧，要蹲下來啊。」

這麼說著，走上前的花英扶起奎元，讓他蹲在地上，接著在他面前擺了一張椅子坐下，把奎元的下巴放在大腿上。

「雖然你不是女人，生不了孩子，可是蛋這個東西，男人也可以下。」

看著奎元布滿血絲的雙眼，花英道：

「你最好快點擠出來，因為你拖越久，會讓我越想看。推開蕾絲般的皺摺，生下一顆白色的蛋，那模樣非常可愛啊。」

奎元聞言，咬緊牙關。

不管他怎麼用力，就是擠不出來。不知不覺間，奎元只集中精神，用力擴張括約肌。

每當花英獎勵似的將嘴唇貼上奎元的額頭，奎元的背就會顫一下，然後又放鬆。

奎元的後穴不斷傳出跳蛋震動的嗡嗡聲響，取悅了花英。

下次要不要讓你更難為情？——花英在心裡問著因為恥辱，半是恍惚的奎元。

也不知道是怎麼做到的，奎元感覺跳蛋被擠到穴口，穿過蜷縮的後穴，稍微探出頭來。

伸手觸及敏感的穴口，奎元不自覺地流下淚水。雖然他抬起手，要取出稍微探出頭的跳蛋，但花英抓住他的手制止他。

「不行，哪有人用手下蛋的啊。」

雙手被花英抓住，奎元別無他法，再次咬住嘴唇用力擠。因為太羞恥，他覺得整個人好像就要被燒成灰燼了，而花英直視著他的表情。

「你可不能因為這樣就擺出一副快哭的表情啊。」花英深情地安慰奎元，「我現在才要開始呢。」

奎元聞言，抬頭看了一下又把頭低下去，不過即使如此，他仍無法遮住自己的臉。

當奎元擠到大約一半，也就是跳蛋最粗的部分來到穴口時，花英像親眼看到似的問道：

「出來多少了？」

奎元面露猶豫，花英就一把拉起他的頭髮。

「咪咪啊，我知道你覺得很丟臉，但你要好好回答我，不然我會讓你每天都這麼做喔。要不要每天吃早餐前，蹲在餐桌上試試？」

聽見這駭人的威脅，奎元搖頭回答道：

「幾……幾乎快了……！」

就在花英聽見奎元哽咽的聲音，說完「這樣啊～」勾起笑的時候，奎元「咿！」了一聲，提高音量的同時傳來物體掉落的聲音。

跳蛋在地面摩擦滾動的聲音聽得一清二楚。

「溼透了呢。」

奎元窺看著那顆因為太丟臉而不敢直視的跳蛋，花英則揶揄他。

花英細長的手指沿著奎元的脊椎慢慢往下滑，讓像野獸一樣四肢趴地的奎元微微「呼！」了一聲。從容不迫又泰然自若的戲弄讓奎元更加痛苦，還不如讓他痛呢！那樣可以勉強壓下這股讓人焦慮的感覺。就算痛楚後接踵而來的酥麻感會讓他更著急，他也盼望著可以立刻感受到痛苦。

但花英不打算這麼輕易就放過他。

「要打你嗎？哪邊想挨打？」

他想被打嗎？奎元拚命點著茫然的腦袋。為了抑制這股快感，他需要痛苦。當然，那份痛苦還是會化為快感折磨奎元，但現在的當務之急是立刻安撫著火的身體。

奎元忘卻羞恥，偷看花英的性器，花英則輕聲詢問用充血含淚的雙眼偷看自己性器的奎元。

「你希望我立刻插進去？」

奎元這才意識到自己目不轉睛盯著的是什麼，緊緊閉上眼。可是即使如此，花英的聲音仍未消失。

倏地，乳頭傳來銳利的痛楚，奎元咬緊牙關忍耐。

看到奎元的肩膀因為無法忍受痛楚而僵住，花英用嚴厲的聲音斥責道：「三秒。」

「請……」

第一句話非常小聲，花英冷冷地說：「聽不到。」

奎元稍微放大音量：「請您……」

但花英似乎還是不滿意，威脅他：「你要整晚都這樣嗎？」

奎元再大聲了一點：「請您插進來……」

一旦說出口，之後就比較容易了。奎元像要抹去先前說的話，急忙說出之前花英教導過的話。

「請插進來，我想要花英先生的雞雞，請您給我……請您給我，拜託……」

隨著講的話越長，奎元的臉也越紅。要是花英說句話就好了，但花英沒開口。
那一刻，將下巴放在花英腿上的奎元看到即將大發慈悲折磨他的凶器，就在眼前挺立著。乾吞一口口水，奎元的視線完全無法從那上頭移開。
那東西如果現在插進來，那會有多舒服？越是這麼想，後穴就緊縮得更頻繁。一開始只是穴口收縮，現在則是整個臀部都在擺動。
靜靜望著奎元的模樣，計算時間的花英說：「你真的是既調皮又淫蕩的貓咪。」然後嘖了一聲。這句話讓奎元咬著唇低下頭。
花英的唇湊到奎元耳邊，緩緩舔過耳朵的舌頭溼漉漉的。每當光滑的舌頭移動，奎元就顫一下，然後花英啃咬著奎元的耳朵。雖然不大力，可是戴著耳環的部位被拉扯到會很痛，不過那是花英說要當成乳釘的耳環，所以身體變得更加滾燙。
奎元已經快要射了，花英低聲悄然安撫奎元。
「但我就喜歡你調皮。」
奎元臉上的紅潮稍微褪去了一些。
「所以，再調皮一點。」
聞言，奎元用害怕的眼神仰望著花英。
花英笑了，跟平常燦爛的笑容完全不同，那是陰森冰冷的微笑。那副笑容讓奎元的心臟快速跳動，那殘酷的笑容是只屬於他們，讓彼此興奮的燃料。

「你能做到嗎？」

奎元點頭回答花英的問題。為了抑止這股快感，要他做什麼都行。不管花英要打他屁股也好，還是插進來也好，他的後穴都已經炙熱到不行。

花英一把拉過奎元，讓奎元趴在腿上，翹起臀部。一擺出小朋友被打屁股的姿勢，奎元的快感跟期待都快突破天際了。

花英不發一語地打著奎元的臀部。凶狠的手第一次落在臀瓣上的那一刻，奎元也不自覺地低聲說：「一下……唔！謝謝您。」

花英在奎元的頭上笑出聲，奎元知道，那代表花英很滿意。

一開始花英打得很慢，但越打越快，奎元還來不及說謝謝，另一掌又落下，光要數數就很吃力。當奎元喊著「一百下……！」發出慘叫聲時，那隻手終於停下來。

臀部比剛才還要燙，在那期間，奎元的後穴已經溼了。花英的手指湊近穴口的那一刻，奎元「呼啊……」地發出甜美的呻吟。一層層溫柔地扯開穴口的褶皺，花英那伺機而動，順利滑進甬道的手指讓人感到開心又無情。

奎元想要更強烈的刺激，想要像被挖開一樣粗暴的對待。儘管如此，奎元的後穴還是用力含住插入的手指，不斷小聲地呻吟。他像AV女優一樣「啊嗯！啊……」地嬌吟，低賤又膚淺，然後擺動腰肢。

花英噗哧一笑，大發慈悲地用手指做出耙子的模樣，在甬道裡攪動。光是這樣，奎元就嘟囔地說著：「啊啊，好舒服，嗯……啊……那邊，那邊……」

花英覺得這樣的奎元很可愛，咬上他的背。

最初奎元會模仿AV女優呻吟，是因為他只看過那些，覺得那是理所當然。然而讓他加強模仿技巧的是花英，因為奎元的肉體給人強烈的壓迫感，花英很喜歡這樣的他哭得如此輕浮。

這個世界上，只有他可以讓奎元變得如此悽慘，這讓花英很開心，也讓奎元在他眼裡變得更可愛、更討喜。即使臉都紅了，手也在發抖，可是奎元完全不會拒絕花英想做的事。這樣的他讓花英喜歡得不得了。

「你知道自己為什麼被打嗎？咪咪。」花英問。

奎元雖然拚命思考答案，卻想不出來。因為花英拉扯著奎元敏感到不能再敏感的乳頭，讓他過了三秒才回答出「不、不知道」。

「因為我想打你。」

奎元剛開始聽不懂這是什麼意思，後來才明白這既是遊戲，同時又不是遊戲。沒錯，如今花英要打奎元不需要解釋原因，就只是想打而已。

這一句話就說明了一切，花英是奎元的主人。

花英推開椅子，扶起還跪在玄關地上的奎元，把他推到大門上就插了進去。即使花英粗魯又狂暴地抽送著，奎元也無法好好發出聲音。

臉頰貼在大門上，光著屁股的樣子非常難為情，何況這道門後是公共場所。臉頰貼在冷冰的門板上、身體晃動的期間，奎元完全不敢發出聲音，他盡量努力忍著，想要撐過去，因此雙腿不停發抖。

花英失笑看著那雙腿，粗暴地抽送並擺動腰肢。每當兩人的身體互相碰撞，玄關門就會發出沉悶的咚咚聲響，聽起來像是敲釘子的規律聲響，奎元的理智逐漸遠去。花英粗魯地進出後穴並開始用力拍打奎元的臀部，奎元嘴裡也流洩出「啊啊」的呻吟。

「嗯……啊啊啊……太、太長了……嗯……」失去理智的奎元依照調教所學的開口。

「太長了，呼！唔……太長了，所以怎樣？」

花英頂得更深入，同時催促道。粗暴的動作帶著瘋狂，花英發瘋似的擺動腰肢，頂進深處。

「好長……哈啊！太長了，啊、又大……嗯、嗯！好舒服……唔，那邊、那邊……我快要射……！」

奎元說著，雙手握著自己的性器，把花英沒有愛撫的前面堵起來。而花英沒被奎元不想先射的舉動感動，更用超人般的耐性停下腰肢，一把抓住奎元的後頸往後扯。

發出「呼！」的慘叫聲，奎元的脖子被強行往後拉，跟花英視線相對。

「許可呢？」

花英陰森的聲音讓奎元身子一僵。

「先抓著。」

花英下達命令後，奎元牢牢握住自己的性器，每當這個時候他都很想動，卻拚命忍住。身後的花英毫不留情粗暴地動著，讓他覺得快燒起來了。

花英一邊動作，一邊繼續拍打奎元的臀部。儘管花英的呻吟聲衝擊著耳膜，奎元還是不敢出聲，只顧著夾緊後穴。

花英肯定生氣了，他不會就這樣放過自己，之後還會繼續折磨自己——奎元對此既害怕又期待。

跟著花英的動作同步擺動，奎元好幾次都咬緊牙關，熬過高潮的海浪。不久後，花英發出「唔咕……！」的聲音，奎元閉上眼。

炙熱的液體填滿體內，奎元握緊自己不自覺鬆開的手，抬起發燙怔愣的腦袋。他感覺到花英抽出性器，差點跌坐在地的奎元因狠狠落下的拍打，再次抬起臀部。

「夾緊！」

聽到花英大喊，奎元用力夾緊後穴。

花英用冰冷的目光俯視著就這樣跪坐在地的奎元，而奎元跪著湊近花英，看著花英的臉色問道：

「我來做……善後處理。」

那句話比較像疑問句。花英一點頭，奎元就照著所學的含住花英的性器，他要慢慢舔到花英說可以為止，還要舔得誠心誠意。

他察覺到花英的視線，那視線色瞇瞇地把奎元全身舔了一遍。感受著那道視線，奎元仔仔細細地舔著花英的性器。

「停。」

花英一開口，奎元就向後退回原位，趴在地上。

那一刻，花英說：「不對，再等等。」然後離開玄關。

聽見花英離開的腳步聲，奎元不曉得花英要做什麼，卻依舊用力縮緊後穴等著。眼前花英的皮鞋看來很可愛，使奎元輕笑出聲。這場戀愛顯然非比尋常，卻很討喜，他覺得自己深深地為花英著迷，要他做什麼都行。

「咪咪啊。」

花英出聲呼喚時，奎元照花英的命令爬過去。他怕不小心讓花英的精液流出來，動作小心翼翼。他有時候浣腸後也會在地上爬，但現在跟那種時候相比，心裡舒坦多了。不過現在不是在浣腸，液體沒有那麼多，所以奎元很擔心就算流出來了，他也無法察覺。

奎元夾緊臀部彎腰爬行的樣子太可愛，讓花英差點勾起笑容，費了一番功夫才維持住表情。他們在成為戀人前是SM愛好者，如果忽略這點，關係也會崩塌，或許最終會淪為普通戀人，因為不知該如何對待對方而分手。

從玄關的磁磚地板，經過起居室，爬到浴室磁磚地板的奎元帶著不曉得花英為什麼叫他過來的表情。看著這張渲染著期待與恐懼的臉，花英命令道：

「躺下。」

奎元困惑地躺在浴室地板上，花英一要求「抓著大腿」，奎元立刻照做。

當花英開始在奎元的私處毛髮上塗抹刮鬍膏時，奎元頓時明白了他要做什麼。在玄關前等候又爬過來，在不明就裡的情況下被命令躺下，奎元因此垂下的性器又找回力量。掩飾不了恥辱感和勃起的事，奎元別過臉。

而花英用溫柔的手法塗抹刮鬍膏，拿起刮鬍刀，剃起奎元性器周遭的毛髮。一開始是從最底部開始，之後奎元放下大腿平躺著，花英開始剃上面。

奎元的身體發顫，感受著花英的手法，同時單純等著。他沒發現跟興奮的身體不同，他的臉色十分蒼白。

成年男人剃陰毛是極大的恥辱。雖然花英什麼也沒說就動手了，但光是他的手輕輕觸碰到性器，陰莖就硬挺地站了起來，奎元連摀臉都做不到，身體發顫地想起第一次浣腸時的場景。在那個丟臉的時刻，他嘗到了摔下懸崖的感覺。

比起絕望，那種感覺更充滿了希望，和真的掉下懸崖的感受是不一樣的。當時他害羞到快瘋了，喜歡到快死了，現在的感受卻有些許不同。

隨著時間經過，奎元在害臊跟興奮之間產生了不一樣的情感，那像是愛情又像陶醉。

「好了。」花英說完，第一次輕吻上奎元的性器，像在稱讚他做得好。

實在沒有勇氣去看，閉著眼的奎元令人憐憫。

花英欺上奎元，然後輕輕握住他的性器，喁喁細語說道：「你忍得很好。」

花英第一次替奎元打起手槍，使奎元瞪大了眼。

花英笑得很好看，是充滿溫柔的笑容。見到奎元的眼眶溼潤，花英輕吻上他的眼睛。

「你可以射了喔。」

寬宏大量地允許他射精後，花英的手仍繼續動著，手法巧妙嫻熟。

「好乖……」

但是那溫柔的嗓音沒有停下羞辱。奎元那猶如新生兒沒有體毛卻色澤暗紅的龐然大物分明是屬於一個成年男性的，而且正處於勃起狀態，花英卻像在哄小孩一樣安撫著他，手上也持續動作。動作溫柔得就像在教奎元自慰，算計過的恥辱令奎元渾身顫抖。

花英的手握住奎元的手，讓他摸上自己的性器。手一碰到性器，奎元的身體猛然一顫。

花英看著奎元因為碰到與平時不一樣的粗糙手感，慌張得臉色通紅、渾身僵硬，依舊握著奎元的手，動了起來。他輕吻奎元的臉頰與額頭，撐起覆在上方的身軀，赤裸裸地將視線固定在奎元的胯下。

露骨的視線溼黏隱晦。奎元的手快速動著，既然花英指使他這麼做，就意味著他必定要看到結果，而且之前快高潮時壓抑下來的欲望持續膨脹，就快爆發了。

聲音打上磁磚牆，比平常更清晰。越緊閉著眼，聲音就越近。

手部快速滑動的聲音、忍著呻吟的聲音、呼吸聲、吞口水的聲音，還有液體滴落地板的淫蕩聲響，花英用不妨礙到這些聲響的嗓音命令道：「腿再張開一點，讓我看到全貌。」

奎元盡力把腿張到最大。展現出光滑的胯下讓他非常難為情，但他就是為了展露給花英看才除毛的，所以他想讓花英滿足。

不知何時，花英放開了手，奎元的手卻持續動著。「呼……啊啊！」的聲音與水聲形成奇妙的旋律，在浴室裡迴盪。

花英愉悅地望著到達高潮的奎元挺起腰，雙腿張開到最極限，不停發顫的模樣。

這樣一來，他不論到哪裡都無法脫下衣服了，這滿足了花英的占有欲。

雖然沒有勃起，但放鬆的心情讓他指尖發麻，腦袋發熱。花英看著奎元高聲呻吟著「呼啊啊啊～～」達到高潮的模樣，伸出手扶起奎元。
幾乎半失去意識的奎元看見那隻手，沉默地抓住後站起來。那一刻，無法好好站立的修長雙腿間，流下白色的液體。那是奎元一直留在後穴裡，屬於花英的精液。
把奎元扶進浴缸裡，讓他趴好後，花英立刻插了進去。
仍未平息的快感受到刺激，奎元往後仰起頭，大聲發出「呼唔！」的呻吟。花英則一手推著奎元，粗暴地頂進深處。
奎元只能緊抓著水龍頭，隨著雙手牢牢抓著他腰肢的花英一起擺動，就算臉頰在磁磚牆上磨蹭也無所謂，奎元絞緊分開內壁、蹂躪甬道的性器，低聲啜泣。
這時候應該要講花英教他的話，可是比起那些話，他先發出了抽泣聲。
奎元突然覺得自己非常脆弱，彷彿將一切都託付給了花英。
花英不同於以往，沒有對奎元疾言厲色，也沒喝斥他。雖然他粗魯地進出體內，也緊緊抓著奎元的腰，但動作跟往常相比非常柔和。
或許是奎元抓著水龍頭時打開了開關，蓮蓬頭灑下溫熱的水，但兩人都不在意。
花英大幅擺動腰肢，頂到最深處；奎元則照著花英的教導，已養成習慣的臀部完全夾緊花英的性器。花英將自己深埋在奎元體內片刻，發出呻吟，當他睜開細長的雙眼時，發現奎元正回頭望著他，帶著不明白花英為何不射精的表情。

一把拉過那張不安的臉，花英深深吻上去，舌頭交纏。他抽出自己的分身，一把拉過奎元讓他跪下。奎元一跪下來，花英就射到了他的臉上。

眼前一白的瞬間，奎元閉上了眼。溫熱的液體噴濺在臉上，奎元用臉感受到那些液體也射精了。他在自己的手裡射出精液，同時接下花英的白液。

猛然噴濺而出的液體慢慢減少，花英連最後一滴都射在奎元的臉上，而奎元微微張開嘴顫抖著，陷入一陣恍惚，連口水都忘了吞下，沿著嘴唇不停流下。

花英一問：「喜歡嗎？」奎元便睜開眼。

奎元纖長的睫毛末端仍沾著花英的精液，「喜歡……」甜美的嘆息聲伴隨著這句話從奎元的嘴裡流洩而出。這樣回答的同時，奎元仍無法從眼前的花英性器上挪開視線。

花英望著奎元不停顫抖的雙唇，而奎元說著：「我、我來為您做清理……」同時確認花英的神情。

花英一點頭，滿是精液的臉龐就湊上前，將令人上氣不接下氣的性器納入嘴裡。即使將性器仔仔細細、鉅細靡遺地舔過，奎元仍像還有地方沒清理到似的，不放開性器。

花英像在安撫這樣的奎元，撫摸他的頭髮並說：「可以了。」奎元才一臉惋惜地放開。

嘴唇離開的那一刻，奎元的唇與花英的性器之間牽起銀絲。花英用細長的手指掐斷絲線後笑道：

「哥，你好像很期待，還想要？」

聞言，奎元張開嘴，一臉「還想要更多」的表情。

花英不肯將性器放進奎元的嘴裡，奎元就「喵～」了一聲，不是用臉，而是用自己的性器在花英的腳背上磨蹭。這是花英喜歡的撒嬌方式。

每當腳趾指縫觸碰到奎元的性器，花英就會露出為難的表情。他在衝動跟理性之間交戰片刻，最終把奎元扶起來。

「好了，夠了，哥也在不知不覺間太投入了。」

這麼說著，花英輕戳了戳奎元的臉頰。

但奎元朦朧的目光並沒有變清澈。擅長適應遊戲的臣服者大多都是這種類型，會過度沉迷於其中，進入輕微的催眠狀態。

花英一邊幫奎元清洗，一邊等待奎元恢復神智時，突然看著奎元的腋窩咧嘴一笑。

他拿來浴缸外頭的刮鬍膏，將奎元的腋窩也剃得乾乾淨淨。花英輕吻了幾下奎元的唇，享受著後戲時，奎元突然曖昧地喊了聲：「花英先生？」

「還好嗎？」

花英一邊說，一邊往奎元的身體上抹肥皂。奎元搔癢似的扭動身體，但沒有制止花英這麼做，花英自己則不知道什麼時候洗好了，低聲吹著口哨替奎元洗澡。

暫時讓奎元倚著浴缸，花英飛快地處理掉除毛的痕跡，拿著蓮蓬頭沖水並親吻奎元的耳朵跟脖子。

「每天都要乾乾淨淨的。」

花英的命令讓奎元「唔」了一聲。

‡

「夜店？」

花英幫奎元上完藥，吃過遲來的晚餐後瞪大眼睛問。

奎元的新公司居然是夜店，他覺得非常不適合。能託付給這害羞又認真嚴謹的男人的工作裡，有夜店這個選項嗎？花英茫然地回想。

首先，對害羞的奎元來說，拉皮條或當服務生是不可能……這麼想的花英問：「主廚？」

奎元一臉慌張地反問：「夜店有主廚嗎？」

「沒有嗎？」

面對花英的問題，奎元說著：「這個嘛……」稍微歪了歪頭。

覺得奎元這個動作非常可愛的花英喃喃自語說：「希望是適合您的工作。」

奎元對那張表情明媚的臉龐露出微笑，在心裡反問自己：天曉得？

他不曾在夜店工作過，雖然進去過，但從未在裡面好好享受。他會去那裡，不是為了任務，就是跟隊員培養感情，只有這兩個原因。

他去過的夜店非常吵，而且什麼都有。奎元夢想中的夜店是到處都是支配者的ＳＭ俱樂部，不是跟女人喝酒跳舞的夜店，所以他對夜店沒什麼興趣。事實上，可以的話，他會希望自己工作的場所是有良知的地方，雖然種種因素讓他很難有選擇，但夜店原本不在他的考慮範圍內。

他在夜店能幹嘛？花英會一臉茫然地問他「主廚嗎？」也無可厚非。金奎元跟夜店之間的關聯比拉門紙還要薄，但在那單薄的關聯裡有個強大的媒介——就是尹幫。

正確來說是花英的父親跟哥哥們。今天奎元去見的人就是花英的二哥尹驥英。

奎元抵達前，尹驥英就在喝酒了，但看起來一點事也沒有。奎元心想著「他喝醉了也許會比較好」，如坐針氈。

即使他坐下來，驥英還是繼續喝酒。坐在驥英身旁的女性殷勤地為他斟酒時，驥英一句話也沒說。當洋酒杯裡的酒清空一半左右，驥英這才開口：

「你跟花英是什麼關係？」

驥英一開口就語氣隨意。不過若要抗議對方的說話語氣，他問的問題又不同小可。奎元擺出為難的表情，驥英就把啤酒杯推到他面前。

「酒量好嗎？」

「平常會喝一點。」

驥英在啤酒杯裡倒滿洋酒。即使洋酒滿出來、弄溼了奎元的手，驥英也沒把酒瓶立起來。當酒瓶見底時，奎元的手已經溼透了。驥英抬了抬頭，示意奎元喝酒後開口道：

「好好練練酒量。」

奎元先將啤酒杯拿到嘴邊，不曉得驥英的意圖，有點困惑。而一直瞪著奎元的驥英閉上眼。他很早就知道花英是同性戀了，但他不曉得花英喜歡的類型是哪一種。

是這個男人？驥英咬牙切齒地喝著酒。

這男人就算被戀人的哥哥叫過來，依然眨都不眨一眼，泰然自若地喝著酒。這殘暴的男人是花英的戀人？最近走在街上的青年有很多都長得很可愛，這個世界上不管有多少男人，美麗的男人明明才最吃香，他搞不懂花英為什麼會愛上這種少見的凶神惡煞。

不論是混黑道的他自己、大哥震英、父親尹秀鋏，還是他自己的手下，都沒有人長得像奎元一樣令人心生畏懼，驥英完全無法想像花英喜歡這男人哪一點，還為他如此費心。

「你跟花英是什麼關係？」

驥英再次問起時，奎元放下手中的啤酒，因為突然喝下太多酒而感到頭暈。

大家都說進了虎穴，只要打起精神就可以存活下來，誰知道老虎會勸人喝酒，讓人腦袋不清晰。奎元放下酒杯，努力想釐清自己跟花英是什麼關係，但是一切都很模糊。

若要定義兩人為「戀人關係」，花英對奎元而言是很強大的存在，兩人的愛並不對等。花英有權利罵奎元，有權要求他做任何事，但奎元難以得知花英是經歷過多少人才選擇了自己，自己也不知道他們的關係是否只是比遊戲玩伴再深入一點。因為凡事都是第一次，奎元無法冷靜地判斷現在的情況，所以用微妙的口氣回答：「我們關係很好。」

「好你個頭，我問你們是什麼關係。」

驥英用凶狠的語氣反問後，奎元抬眼看來。

「請您直接與花英先生確認。」

奎元回答的內容比回話這件事更討喜，也許是因為奎元的語調沉穩，態度慎重，說話語調讓他講的內容高尚許多。而且，仔細想想，這句話確實沒錯，他得直接詢問花英，不該像這樣把花英的戀人叫過來，突然問人家。但驥英面對花英實在問不出口，所以他固執地盯著奎元。與其說是屈服於對方的目光，不如說奎元是屈服於對方是花英二哥的事實。他開口道：

「我很珍惜花英。」

但奎元沒說花英很珍惜他。

所以驥英聽完更疑惑了。他完全不好奇奎元是怎麼看待花英的，他只想知道花英的心意。

根據花英的心意，眼前這個男人有可能會成為他的弟媳。雖說花英喜歡男人，可是眼光再低也不會這麼低吧？這男人哪裡好了？一想起這男人受傷時，花英氣得牙癢癢的，驥英就怒火中燒。為了澆熄竄到頭頂的火氣，他又喝了一杯酒。

「給他。」

驥英一邊喝酒一邊開口，旁邊斟酒的女性就站起身。

外表美麗歸美麗，但她有女人獨特的氣息，一種嫵媚冷靜的氣質，感覺像個蛇蠍美人。

她用指甲修得美美的手，遞來一袋資料。奎元打開一看，裡面是夜店的資料。裡頭有店內、店外的照片、帳簿、店員履歷、薪資表、存摺、印章、信用卡及營業執照等各種資料，奎元不知道為什麼要把這些東西交給他，只能盯著驥英看。

「半年，就快到聖誕節跟年初了，時機不錯。給你半年的時間，不管用什麼方法、手段，給我把營收轉虧為盈。這就是我今天找你的目的。」

說完，驥英站起身，奎元見狀也一起站起來。

「我不明白您的意思。」

聽見奎元的話，驥英回答：「意思就是我不能讓你兩手空空就帶走我們家的孩子。」然後走過他身邊。

在那之後，奎元去了一趟夜店，服務生大聲問道：「您是新來的社長嗎！」經理馬上跑下來，像在對待軍隊的長官，畢恭畢敬地用力大喊道：「我聽說您下週開始上班。」

不曉得是自己這張臉的錯還是身高的錯，或者兩者皆非，是派他來這裡的人的錯，但不論如何，都讓他心裡不是滋味。總之，奎元一下就找到了一份不是工作的工作。

他們會支付薪水嗎？奎元僵硬地把小菜送進嘴裡，奎元陷入苦思。他並不是沒錢，但也不富有，雖然有辦法撐過半年，可是他無法理解自己為什麼得這麼做，可是當時他也無法跟對方說「我辦不到」，所以他不得不這麼做。

這麼心想，奎元又吃了一口小菜，然後反駁自己。不，他當時可以拒絕的，他沒有錯過拒絕的時機，只不過驥英的話聽起來就像……「只要在半年內轉虧為盈，我就承認你是花英的戀人」，他只是對此抱持著甜蜜又不切實際的期待。

奎元不認為自己能得到認可，但——他嘲笑始終無法忽視這種可能的自己，然後抬起頭，看到花英的臉近到可以感受到他的氣息，因此瞪大雙眼。咕嚕——安靜的廚房裡清楚地聽見奎元吞嚥食物的聲音。

「你在想什麼？」花英問。

雖然花英像平時一樣笑得一臉燦爛，但那張表情裡帶著些微不悅。

自己跟花英相處的時間，已經長到可以注意到這點變化了，奎元為此暫時感到開心，而眼前的花英癟癟嘴，皺起眉。花英又問道：

「我問你在想什麼，為什麼不回答？」

聲音沉了下來，雖然就這樣開始遊戲也不錯，但奎元立刻開口：

「我想了一下新工作的事情。」

聞言，花英問：「這麼說來，哥的職位是什麼？」聲音與語氣又變得溫和。

每當這個時候，奎元都有種奇妙的感覺。和顏悅色的花英也很好，但他更喜歡生氣冷冰冰的花英，極其傲慢的男人下達令人羞恥的命令——不，今天還是到此為止比較好。

雖然他們在若無其事地聊天，但奎元胯下的毛都剃光了，如今他已沒辦法去男性洗手間用小便斗了。

「好像是社長。」

這句話讓花英皺起眉。

「社長？您說社長？哥，您開了夜店嗎？還是您有認識的人是那邊的股東？」

說著說著，花英不知何時坐到了奎元的腿上。

花英的體重讓奎元覺得心情愉悅，露出小小的微笑，而花英說了一聲「啊～」，擺出讓奎元張嘴的表情。

奎元一張嘴，花英就往他嘴裡塞青菜。花英餵什麼，奎元就吃什麼，花英馬上沉浸在投餵奎元的樂趣中，忘了剛剛的話題。

奎元的嘴巴偏小，放入食物就閉嘴咀嚼的模樣很可愛。

花英問：「水？」奎元就點點頭，他似乎對花英的餵食感到有點慌張。

花英將水杯送到嘴邊，奎元就用曖昧的神情小心翼翼地喝下那杯水。

花英對喝著水的奎元自言語道：「嗯，那要不要戴著貞操帶？」

剎那間，奎元嗆了一口水，拚命咳嗽。

奎元別過頭咳嗽，坐在他腿上的花英則發出輕快的笑聲。

當奎元好不容易不再咳嗽時，花英抬起滿臉通紅摀著嘴的奎元下巴，讓他看向自己，意味深長地問：

「您知道什麼是貞操帶吧？」

奎元一臉害怕地點頭，花英開心地笑了。

「您有興趣嗎？」

花英看見奎元的眼神十分混亂，親了一下他的額頭，輕聲道：「開玩笑的。哥工作時用貞操帶會不方便。」

但是就奎元聽來，那意思就像非工作期間有可能會用貞操帶，讓奎元有點慌張。可是，他也無法否認他的內心一角開始發燙。那句關於「貞操帶」的話讓奎元感到興奮，身心都可憐兮兮地發顫，期盼自己能受到花英更確實的束縛。

不過，無情的主人從他的腿上起身，走出廚房。

那是一個月前，花英還算悠閒，而奎元也還沒找到工作的某一天。

——下集待續

高寶書版集團
gobooks.com.tw

CRS049
獨寵 上
앙앙

作　　者　그웬돌린 (Gwendolyn)
譯　　者　子衿
編　　輯　陳凱筠
設　　計　林檎
排　　版　彭立瑋
企　　劃　黃子晏

發 行 人　朱凱蕾
出　　版　朧月書版股份有限公司
Hazy Moon Publishing Co., Ltd.
地　　址　臺北市內湖區洲子街 88 號 3 樓
網　　址　www.gobooks.com.tw
電　　話　(02) 27992788
電　　郵　readers@gobooks.com.tw（讀者服務部）
傳　　真　出版部　(02) 27990909　行銷部 (02) 27993088
郵政劃撥　19394552
戶　　名　英屬維京群島商高寶國際有限公司臺灣分公司
發　　行　英屬維京群島商高寶國際有限公司臺灣分公司 / Printed in Taiwan
Global Group Holdings, Ltd.
法律顧問　永然聯合法律事務所
初版日期　2024 年 6 月

國家圖書館出版品預行編目 (CIP) 資料

獨寵 / 그웬돌린著 ; 子衿譯 . -- 初版 . -- 臺北市 : 朧月書版股份有限公司出版 : 英屬維京群島商高寶國際有限公司台灣分公司發行 , 2024.06-2024.07
面 ;　公分 . --

譯自 : 앙앙

ISBN 978-626-7362-71-6 (上冊 : 平裝). --
ISBN 978-626-7362-72-3 (下冊 : 平裝)

862.57　　113006228